講談社文庫

憤怒《ふんぬ》(上)

パトリシア・コーンウェル｜池田真紀子 訳

JN259208

講談社

ステイシーに

● 目次

憤怒《ふんぬ》(上)

●主な登場人物（憤怒・上下共通）
ケイ・スカーペッタ　ヴァージニア州検屍局長
ルーシー　ケイの姪。シークレットサービス捜査官
ベントン・ウェズリー　ケイの夫。シークレットサービス捜査官
ピート・マリーノ　元刑事
ドロシー　ケイの妹。ルーシーの母。ピートの妻
ギルバート・フック　被告人
ブレイズ・フルーグ　アレクサンドリア市警刑事
エイプリル・テューペロー　フック事件の被害者
ボーズ・フラグラー　検事
サル・ギャロ　フックの弁護士
アニー・チルトン　判事。フック事件の裁判長
レイチェル・スタンウィック　アニーの妹。CIA報道官
デイナ・ディレッティ　有名ニュースキャスター
ホルト・ウィラード　チルトン家の管理人
シエラ・ペイトロン（トロン）　シークレットサービス捜査官
シャノン・パーク　法廷速記者
ウォリー・ポッター　〈ベル・ヘイヴン・マーケット〉の経営者
ベイリー・カーター　監察医（故人）
パイパー・カーター　ベイリーの妻
マギー・カットブッシュ　ケイのアシスタント
エルヴィン・レディ　ヴァージニア州保健局長官。前検屍局長
ダグ・シュレーファー　検屍局副局長
ファビアン・エティエンヌ　検屍局法医学調査官
アルベール・アルマーンド　昆虫学者
ジェーン・スリッパー　検屍局組織学検査官
パティ・マレット　FBI捜査官
ワイアット・アール　検屍局の警備員

livid の定義

死後変化で変色した皮膚の紫赤色。

激怒した状態。

感覚を鍛えなさい――なかでも物事のとらえ方を学びなさい。そしてあらゆるものが互いにつながっていることに気づきなさい。

――レオナルド・ダ・ヴィンチ（一四五二―一五一九年）

1

熱波のさなかに三日間、大西洋を漂っていたエイプリル・テューペローは、家族にさえ見分けられない状態だった。浮流死体《フローター》の典型だった。美人コンテストの元女王の皮膚はまだらの緑に変色し、腐敗ガスがたまって全身が膨れ上がっていた。表皮組織や長い金色の髪はきれいに剝離していた。目、耳、唇などのもろい部位はすべて失われており、満員の法廷に映し出された画像は映画『ジョーズ』の一場面を思わせた。

二十一ヵ月前、エイプリルの遺体がワロップス島のビーチに打ち上げられたとき、私はヴァージニア州で仕事をしていなかった。現場には行っていないし、検死解剖を担当したのも私ではない。担当した病理医はすでに世を去り、自らが犯したはなはだしい誤りを正しようがない。私がこの事案を引き継いだ時点で、エイプリル・テューペローの婚約者は第一級謀殺と死体損壊の罪で起訴されていた。

彼は保釈を認められず、独房に収容されて、公判の開始を待っていた。事件は海外でも大きく報じられた。検察はかたくなだった。私が何を言おうと、まるで聞く耳を持たなかった。

「繰り返しになりますが、このようなむごい写真をごらんに入れなくてはならないことを心苦しく思います」アレクサンドリア市検察官ボーズ・フラグラーは歌うような南部訛《なまり》で続けた。この事案を始めから私が担当していたら、この裁判はおそらく開かれていなかった。「このような写真は、目にした人の魂や心に傷を残しかねない。そうですよね、先生《マアム》」

「ご質問の趣旨がわかりかねます」私は答えた。

証言台のすぐ前に立ったフラグラーは、私から陪審席が見えないよう、せわしなく立ち位置と姿勢を変える。法廷慣れした検察官であるフラグラーは、言動の一つひとつに気を配り、法廷のあちこちに据えられた裁判専門チャンネルの生中継カメラがとらえる範囲から出ないようにしている。

「どれほどつらかろうと、目をそむけずに直視しなくてはなりません。これには同意していただけますよね、マアム？　はかない終わりを迎えたエイプリルの人生の最期に、いったいどのような所業がなされたのか。それを見届けること。それが私たちに課された責任です」フラグラーは私のすぐ目の前を行ったり来たりしている。「それは人として当然の義務です。そうですよね、マアム？」

私のことをしつこく〝マアム〟と呼び続けるのは、礼儀正しいからではない〔ma'am は女性に対する丁寧な呼びかけ。ただ、地域や相手の年齢、文化背景、ジェンダー意識などによって好まれない場面もある〕。私のことをホルモンと直感だけが頼りの底の浅い安楽椅子探偵として軽んじているからだ。昨年、私がヴァージニア州検屍局長に任命されて以降、フラグラーとは法廷で何度も顔を合わせている。そのたびに彼は過剰なほど丁重な態度で接してきた。ときにはお追従《ついしょう》を言うこともあった。今回の裁判まで、私は敵視されていなかった。

「ご質問の趣旨がわかりかねます」私はまたも同じ答えを返す。陪審員がフラグラーの話のゆくえに興味をそそられているのが感じ取れた。

それはいつものことだ。カリスマにあふれ、弁舌さわやかな三十四歳の独身男フラグラーは、ミケランジェロのダビデ像やルネサンス期の政治家ジュリアーノ・デ・メディチを連想させる美貌の持ち主だ。しかもいつも高級ファッションに身を包んでいる。フラグラーはポケットからタッチスクリーン式の小型タブレットを取り出して操作した。グロテスクなスライドショーが始まった。

「このようなむごたらしい画像をごらんいただかなくてはならないのはたいへん残念です」フラグラーはそう心にもないことを言い、法廷の複数のモニター上にむごたらしい画像が色鮮やかに表示された。

フラグラーが端末をタップし、ノーフォーク遺体安置所の解剖台に横たえられた被害者のうつ伏せの遺体写真が何枚も表示される。背中から臀部《でんぶ》にかけて、深い切創が四本、等間隔に並んで赤黒い口をぱっくりと開けている。

「ごらんになったことのある画像ですね？」フラグラーが私に尋ねる。

「ええ。ほかにも何枚も見ました」

「私たちがいま見ているこの画像は、被害者の腐敗した遺体のもので、ナイフで切りつけられた生々しい痕が背中に残っています。これは被告人が被害者を魚の餌にしてやろうとした結果で――」

「異議あり！」

「今度は何ですか、ミスター・ギャロ」黒革の椅子から、アニー・チルトン判事が弁護人に尋ねた。裁判長席の左右に州旗と星条旗が、背後にはブロンズのヴァージニア州章がある。

「これらの画像は扇動的で偏見を抱かせます。検事は自分が証言台に立って証言しているようなものです、裁判長！　毎度のことではありますが！」

「異議を却下します。毎度のことですが。フラグラー検事、質問のしかたを変えてください。まずは審理を先へ進めましょう」

五十代初め、端整な顔立ち、黒いショートヘア。長身で手足がすらりと長いアニー・チルトンは、きれいというよりも凛々《りり》しい印象の持ち主だ。午後から証言に立っている私へのアニーの態度を傍《はた》で見ていても誰にも想像できないだろうが、私とアニーはジョージタウン大学のロースクール時代からの友人同士だ。当時はルームメートだった。去年、私のヴァージニア州検屍局長への復帰を後押ししてくれたのもアニーだ。

それどころか、私を州検屍局長に任命するようロクサーヌ・デア州知事に働きかけたのはアニーだ。私たちのあいだに何も問題はなかった。先月に入って、何の理由もないのにアニーが私を避け始めるまでは。

「ありがとうございます、裁判長閣下。では、言い方を変えましょう」フラグラーは誰もが聞《き》き惚《ほ》れるようなよく響く声で言った。法廷内の人々は腹立たしげにささやき合い、あるいは嗚咽《おえつ》している。「いま画面に表示されている無残な傷は、死後に――死んだあとにつけられたものですね、マアム？」

「そのとおりです」私は答える。

「エイプリル・テューペローは、三日間、海を漂っていたあと、二〇二〇年十月十七日土曜日の朝、このような状態で発見されたのですね？」フラグラーは質問を続け、傍聴席からまた怒りや悲しみの声が上がる。

「ごらんの写真は、清められたあとの遺体です」私は答える。「しかもこの時点では、急速な腐敗がまだ進行中でした。つまり発見時の遺体はかならずしもこのような――」

「マアム、あなたが日々目にしているものは、ふつうの感覚の持ち主にとっては心に深い傷が残るようなものばかりですよね」

「先ほどと同じく、ご質問の趣旨が――」

「私が言いたいのは、あなたはこういった悪夢を見慣れているということです。今日、あなたが証言台につかれて以来、私たちが見てきた痛ましい画像は、あなたにとっては日常の一部、生計の手段にすぎない。あなたはそれで給料をもらっている。そうですね？」

「何度目にしようと、慣れるなどということはありませ――」

「死人が次から次へと運びこまれる。また一つ、また一つと解剖台に死体が横たえられる。来る日も来る日も、終わることのない繰り返しといっても過言ではない。この際、包み隠さずはっきり言おうじゃありませんか。死とは醜いものです。美しいところなど何一つありません。童謡にもありましたっけね。〝ウジ虫が入って、ウジ虫が這《は》い出《で》て……〟」

「異議あり！」サル・ギャロが立ち上がる。

「〝……ウジ虫たちは鼻の上でトランプ遊び〟……でしたか、マアム？」フラグラーはそう続け、私には言葉をはさむ隙すら与えないまま、私を人間嫌いの病的な変人として印象づけようとする。「もちろん、他者に共感するために給料をもらっているのではないのでしょうが――」

「裁判長、しつこいようですが異議を申し立てます。これは検察官による証人いじめです！」怒りで顔を真っ赤に染めたギャロは、紺色のシアサッカーのスーツを着ていた。ボウタイは曲がっている。「脈絡のない話といやがらせを続けるのは、陪審員に偏見を抱かせるためとしか考えられません」

「却下します」

「私が繰り返し異議を申し立てたことを記録に残していただきたい」

「記録に残します」

「審理無効を再度申し立てます」ギャロはうんざり顔で腰を下ろした。

「却下します」

ボーズ・フラグラーの狙いは明らかだ。彼の戦術は、公判開始時から如才なく緻密に立案されていた。私に関しては、陪審員に最悪の印象を植えつけようとしていた。最後の証人に私を取っておいたのは、そのためだ。

それだけを目的に、私を証人として召喚した。私を貶《おと》しめるため。私の信用と品位を疑わせるような質問を重ね、陪審員の心にネガティブな印象をあらかじめ植えつけておくため。私の証言に合理的な疑いを生じさせることでしか、この裁判に勝てないからだ。

「裁判長」フラグラーは落ち着き払った様子で言った。「ヴァージニア州検屍局長である証人がどのような業務と引き換えに給与を受け取っているのか、陪審のみなさんも知っておくべきではないかと。州民の血税から六桁の年俸が支払われる根拠である職務記述書の内容を明らかにすべきでしょう」

「異議あり！　また始まったとしか言いようがありませんよ、裁判長！」ギャロが怒りを爆発させた。「だいたい、ミスター・フラグラーにも証人と同じように州民の血税から高額の給与が支払われているのでは」

「いやいや、そこまでの額はいただいておりませんね」フラグラーが言い返し、傍聴席から笑い声が漏れた。

「ミスター・ギャロ、異議は却下します」

フラグラーはこじつけとしか思えない理屈を弄《ろう》して私の人格への攻撃を続け、満員の法廷はしだいに騒がしくなっていく。アニーはあいかわらずフラグラーを止めようとせずにいる。アニーが裁判長を務める法廷に証人として喚《よ》ばれたことは過去にもあった。友人同士だからといって特別扱いは期待しない。しかし今日のアニーは私と目を合わせようとせず、尊重しようともしない。何かおかしい。ここ何週間もずっとそうだった。

「私は何を言いたいのか」フラグラーが再開した。「きわめて特異な職業に就くことを選んだ証人の職務内容を知っておくべきではないかということです。検屍官の仕事とはどのようなものか、市民の大半は知らない。いや、知りたくないと言うべきかもしれませんね」

「裁判長！」ギャロの声はかすれ始めていた。「検察官は、ドクター・スカーペッタの信頼性を傷つけようとあらゆる手管《てくだ》を弄しています。ドクターを召喚した唯一の理由がそれでしょう。陪審がドクターの証言を疑うようあらゆる手を尽くしている。ほかにこの裁判を戦いようがないからです。この裁判は単なる魔女狩りだと自覚しているからでしょう！」

「いいかげんにしなさい、弁護人」アニーがたしなめる。「この裁判は魔女狩りであるという弁護人のいまの発言を、陪審は無視するように。これ以上の脱線は慎《つつし》みましょう」そう言って一段高くなった裁判長席から険しい視線を弁護人に向けた。「異議の内容は何ですか、ミスター・ギャロ」

「検察側は自分の見解を滔々《とうとう》と述べています。自分が証人として証言しているようなものです！」ギャロは言った。フラグラーはギャロを無視し、わざとらしく大きな音を立てて手もとのメモをめくっている。「ドクター・スカーペッタをしつこく責め立て、侮辱しています」ギャロの声は怒りのあまり震えていた。「ドクターのお答えを最後まで聞こうともしません！」

著名な弁護士であるギャロが騎士道精神を発揮して私を擁護しているのは、私がこれからする証言が珍しく弁護側に有利な内容だからだ。別の裁判で私の証言が意にそわないとなれば、その態度もまたころりと変わるだろう。

「異議は記録されました、ミスター・ギャロ」アニーはまたも弁護人の異議を却下した。「ミスター・フラグラー、続けてください」

「少々お時間をください、裁判長」フラグラーは申し訳なさそうに微笑《ほほえ》んだ。「私の記憶力はコンピューターなみとはいきません。うっかりしたことを言わないよう、書類を確かめながら話しませんと」

フラグラーは証言台にもたれてメモをめくる。バニラ色のスーツと青いスウェードの靴という粋な装いがよく似合っていた。まとっている香りを感じ取れるほど距離が近い。フラグラー愛用のバーベナのオードパルファムは、パリのシャンゼリゼ通りの店でカスタムメイドしたものだ。スーパーボウル・サイズの金のシグネットリングに刻まれた文字まで読み取れた。

フラグラーは、十一世紀のノルマン征服までさかのぼるという、ヴァージニア州でも有数の裕福な家系の出だ。祖先は十七世紀にメイフラワー号でアメリカに渡ってきたと話すこともあれば、二十世紀初頭にエリス島から入国した移民だと話すこともある。有権者たる聞き手に応じて話す内容を変えるのだ。あらゆる面で恵まれた家庭環境に生まれ、成功者となるべく高い教育を受けてきている。フラグラーが体を動かすたびに柑橘《かんきつ》系の香りがほのかに漂ってきた。法廷の注目が確実に自分に集まるよう、わざと時間をかけている。それはフラグラーが芸術の域まで磨き上げてきたスキルだった。

「マアム?」フラグラーはポケットから先ほどと同じタブレット端末を取り出した。「モニターに表示されている画像をご確認いただけますか。以前にもごらんになっていますね？」

「はい」私は答える。

「よく思い出していただきたいことがあります」フラグラーが私に見せている画像には、人間とはとうてい思えないようなものが映っている。

法廷に複数あるモニター上に、エイプリル・テューペローの腐敗しかけた遺体が映し出されていた。ヒトデが群がり、カニが這い回っている。その臭いやハエの羽音まで想像できた。被害者や被告人が生まれ育った、浮世を離れた一角――ここから南東三百キロほどに位置する島――は、こういった悪夢と無縁の世界だ。

面積およそ十六平方キロメートルの砂州島の人口は五百に満たず、ヴァージニア州本土に渡る道路は一本だけだ。ほかは飛行機か船を使うしかない。海産物を獲《と》って販売したり、観光客向けの宿やダイナーを経営したりするには理想的な環境だ。本土と隔絶されたワロップス島はまた、宇宙センターに向いた条件をも備えている。

ＮＡＳＡが運営するワロップス飛行施設には四つの発射台があり、いまも増設中だ。周辺で暮らし、働いている人々は、ロケット打ち上げの轟音《ごうおん》に慣れきっている。ロケットは、巨大なローマ花火のように大西洋の空を輝かせながら昇っていく。発射は頻繁で、地元の住民はもはやいちいち気にしていない。

ロケットには通常、NASAや民間航空宇宙会社の宇宙探査機や科学機器が積載される。多くは研究実験のための機器で、ほかに国際宇宙ステーション向けの物資も積まれている。岩が露出したビーチに打ち上げられたエイプリル・テューペローの遺体写真の背景には、かなたの高台に設けられた発射台が写りこんでいる。地平線に目をこらせば、避雷針や給水塔、とくに個性のないコンクリートブロックの建物がくっきりと刻まれているのも見て取れる。

発射台で待機しているロケットは、先を尖《とが》らせた巨大な白いチョークのようだ。ノーズコーンのなかには衛星が隠されている。このエイプリル・テューペロー事件を引き継ぐ以前から、私はＮＡＳＡのワロップス飛行施設の機能を熟知しているつもりでいた。しかし、この数ヵ月でさらに詳しく知ることになった。新たに知ったことのなかには、意外な事実もある。たとえば、着水した実験機を回収に向かうのはたいがい地元の人々であるなど、それまでは考えたこともなかった。

回収されるものはさまざまだ。衝突試験用ダミーを載せた帰還モジュール。緊急フロートを備えた空飛ぶクルマ。イルカのような外観の水陸両用ドローン。偵察用の鳥型ロボット。ボートを出してそういった珍品を回収する人々が、自分がボートに積んでいるもの、岸まで牽引《けんいん》していこうとしているものの正体をきちんと知っていることはまずない。そもそも関心がない人が大半で、この裁判の被告人も日ごろからその任務を依頼されていた。

エイプリル・テューペローが死んだ当時、ギルバート・フックは二十五歳で、全長四十フィートのチャーター船を所有していた。船の名は――もちろん――〈キャプテン・フック〉。ギルバートとエイプリルは、観光クルーズや釣りツアーの運営に忙しかった。ときには連邦政府の依頼で船を出すこともあった。エイプリルが死んだ日は、宇宙の入口、高度三万六千メートルまで打ち上げられた気象観測気球を回収するために海に出た。

気球に不具合が発生し、大気圏を一直線に落ちてきて、その日の正午前にヴァージニア沿岸に着水した。その夜に起きた事件の遠因となったできごとはそれ一つしかない。証言台の真正面のモニターに、制服姿のNASA犯罪捜査部の捜査官が映し出された。とても恵まれた容姿をした若い男性だ。

その捜査官とフックは、全長百メートルはありそうな銀色のしぼんだ気球を魚鉤《うおかぎ》でたぐり寄せようとしている。機密とされるゴンドラ部分は、まるでゴムボートに載せられて波間で揺れている銀色の衛星のようだ。その写真と、腐敗したエイプリル・テューペローの遺体の写真が並べて映し出されている。遺体には海藻や朽ちかけた魚網がからみつき、岩だらけの砂浜にはプラスチックボトルや色褪《いろあ》せた船舶用シートクッションなど海のごみが散らかっている。

エイプリルと諍《いさか》いがあったことはフックも認めている。エイプリルが死ぬ直前に口論をした。警察で取られた供述書に、NASAの捜査官が〈エイプリルに過剰な関心を示し、彼女もそれを楽しんでいる様子で、彼の気を引くようなそぶりも示した〉と書かれている。夜が更けるにつれて二人の口論は険悪になった。心理鑑定報告書をはじめ私が目を通した非公開の資料によれば、二人の関係はもともと不安定だった。

ふだんから激しい喧嘩《けんか》を繰り返していたという。どうやらエイプリルにはフック以外の異性の気を引こうとするような言動が多く、よくトラブルになっていた。ボーズ・フラグラーの陳述によれば、死の当夜、フックは嫉妬から怒り狂っていた。暑いなか、ボートに座ってビールを飲みながら口論しているあいだも、頭のなかで完全犯罪の計画を練っていた。

問題は死体の処理でした――フラグラーは福音伝道者のような熱を帯びた口調でそう説明する。完全犯罪を成し遂げるには、死体が見つからないようにしなくてはならなかったのです。

2

「これをごらんになったことは？」フラグラーは、法廷の騒がしさに負けじと声を張り上げた。

クイズ番組の司会者のように手を大きく動かし、いくつもの大型モニターに映し出された身の毛もよだつ画像を指し示す。

「あります」私は答える。

「この画像は、浜に打ち上げられたときのエイプリル・テューペローの遺体の状態そのままだと思われますか」

「はい、私の知るかぎりでは」私は答える。「発見現場に行ったわけではありませんが、市警や検屍局が撮影した写真や動画をあとから見ました」

「あなたの目には暴力の被害者とは映りませんか、マアム」

「私の目には、海から引き揚げられた死体に共通する《common》特徴が――」

「ありふれた《common》？　こんな遺体がありふれているとでも？」

「異議あり！　検察官は証言内容について議論を吹っかけています！」

「先を続けてください、マアム」フラグラーが私を促す。「エイプリル・テューペロ

「認めます」

ーの死はありふれているとおっしゃっているところでした」

「私が言おうとしたのは、死体はうつ伏せで浮かび、一部は水面下に没するのが通例だということです。胴体よりも四肢や頭部が低くなります」私はフラグラーにではなく、陪審員に向けてそう説明する。「大型船やモーターボートに巻き込まれることもよくあります」

大型船やボートの乗員はまず気づかない——私はそう言って生々しい絵を言葉で描く。たとえ気づいたとしても関わりたくないと考え、そのまま船を進める。痛々しい漂流物はそこに放置され、のちに別の誰かがそれを引き揚げることになる。つまり発見されたあと、死後に傷がついた原因をかならず把握できるとはかぎらない。

「遺体が海洋生物に食われたり、船のプロペラで切り裂かれたりすると、暴力による死と推測されがちであることはおわかりいただけると思います」私は陪審員に向けてそう話す。まるでフラグラーがその場にいないかのように。「見る者が未熟な場合、あるいは合理的な思考能力が失われている場合、傷の原因を拷問や切断、殺人と取り違えてしまいやすいのです」

「しかしマアム、殺人の被害者も、ちょうどいま私たちが見ている写真や動画のような状態になることがありますよね」フラグラーは正視に堪《た》えない画像が鮮明に映し出された大型モニターをまたも指し示す。

「そういう場合もあります。けれども――」

「こういった写真だけを根拠に、エイプリル・テューペローは殺されたのではないと断定はできないのでは、マアム？」

「ええ、見ただけでは断定できません」私は答え、フラグラーは戦術の一環として姿勢を変え続ける。

フラグラーの紺色のクロコダイル革のベルトと、猛々《たけだけ》しいワシの形をしたバックルのダイヤモンドの目が私の視界を埋めていた。パウダーブルーのコットンシャツの貝ボタンの一つひとつ、平らな腹部ににじんだ灰色の小さな汗染みまで見分けられる。

「いや、もちろん、あなたはワロップス島の遺体発見現場には行っていません。そのことはここまで何度もはっきりおっしゃっていますね。ご自身では……現場を……見ていない」フラグラーは私のすぐ前を行ったり来たりしながら、一語ずつ区切ってゆっくりと言った。「陪審のみなさんにも念を押しておく必要がありそうですね。当時、あなたはマサチューセッツ州に住んでいて、そこでの生活に忙しかった。ヴァージニア州にはそもそもいなかったし、エイプリル・デューペローの遺体とは対面さえしていない。そういうことですね?」

「そのとおりです」果たして私は生きてここを出られるだろうか。ますます不安になってきた。

私が座っている証言台は、腰高の扉がついたサクラ材のパーティションで囲われている。フラグラーがこのままの戦略を続け、傍聴席が興奮状態に陥ったとしても、すぐには逃げ出せない。私はピート・マリーノを盗み見た。マリーノはいざというとき瞬時に私のもとへ駆けつけられるよう、傍聴席最前列の通路側に陣取っている。周囲の様子をさりげなくうかがっているが、陽《ひ》に焼けた大きな顔は石のように無表情だ。

「被告人ギルバート・フックについてはいかがです?」フラグラーは次の作戦に転じた。傍聴席のざわめきに不穏な気配が加わった。「被告人とは何度会いましたか、マアム?」

「一度も会っていません」私は答える。

「引き合わされていないということですか」

「そうです」

「被告人がアレクサンドリアに移送されてくる前、ノーフォーク拘置所に勾留されていたあいだ、一度も面会に行っていない――？」

「はい」

「それでも、電話くらいはしたのでは」フラグラーは食い下がる。彼の質問に隠された意図は、あまりにも不合理だ。

「いいえ、一度も。この案件にかぎらず、どの案件でも、被告人と話をすることはまれです」

「なぜです？」行ったり来たりしていたフラグラーは足を止め、私をじっと見つめて肩をすくめる。「まれなのはなぜです？」

「被告人の有罪、無罪を決めるのは、検屍官ではないからです」私は答える。

「とすると、被告人と会うのは、今日この法廷が初めてということですか。おっしゃりたいのはそういうことでしょうか」

「そのとおりです」被告人席に視線を漂わせたりするほど、私は愚かではない。そちらを見ないからといって、弁護団とともにそこに座っているギルバート・フックを意識していないわけではない。フックは私をじっと見つめている。すぐ前に黄色いメモ用紙とペンを用意しているのに、メモは取っていなかった。

「マアム」フラグラーがいざ本題に切りこむ。「被告人と一度も話していないし、会ったこともないわけですから、被告人がどのような人物であるか、確たる情報に基づくご意見もお持ちではないのではありませんか」

「ええ、持っていません」

「殺人や死体損壊を含む残虐な行為ができる人物であるか否か、判断する根拠をお持ちではない。世の中が言うような冷血な怪物であるかどうか、あなたには知りようがないわけですね」

「判断する根拠はありません――」

「異議あり！」

「ギルバート・フックが異様に嫉妬深い人物であるかどうか、あなたには判断できない。ふだんからエイプリルに身体的、精神的な暴力を振るっていたかどうかもご存じではない――？」

「異議あり！」

「……自分の思いどおりにならないと、あるいは自分が注目の的でないと気がすまず、自制心を失って報復的な行動に出たりする場面をご自分の目で見たことはない。とくに酒を飲んでいるときにそのような――」

「異議あり！　証人はすでに答えたのに、検察官は同じ質問を繰り返しています！」

「……要するに何が言いたいかというと、あなたは被告人がどのような人物であるか、まったく知らないのではないかということです。違いますか、マアム？」フラグラーは私に向けてそう尋ね、アニーはどういうわけかそれを静観している。

「そのとおりです」私は答える。「直接は知りません」

「仮に無罪の評決が出て、ギルバート・フックが自由の身となって社会に復帰した場合、市民が安心して暮らせるのかどうか。それについても意見を述べる立場にはないということではありませんか」

「そのとおりです」

「この法廷は被告人を相当に危険な人物、あのハンニバル・レクターを思い起こさせるような人物だと――」

「異議あり！」ギャロが大声を上げた。これほど怒っているギャロは初めて見た。

「なぜ放置するんですか、裁判長！」

「二年前に逮捕されて以来、ギルバート・フックが保釈を認められずに独房に勾留されているのは、たまたまではありません」フラグラーは何もなかったかのように続ける。「暴力的で憎悪に満ちた人生の残りの期間、被告人を刑務所に閉じこめておくべき理由は明らかです……」

全員の目がギルバート・フックに集まっていた。髭《ひげ》はなく、青白い肌をして、ねずみ色の髪は短い。くすんだ茶色の安物のスーツは、体格に対して数サイズは大きすぎる。拘置所で支給されるオレンジ色のスニーカーや手錠と足枷《あしかせ》がなければ、新人弁護士で通るかもしれない。

二年ほど前、エイプリル・テューペローが死んだ当時のフックは、いまとは対照的に筋肉隆々で、肌は濃い小麦色に焼けていた。これまでに法廷のモニターに映し出された画像では、コンバットナイフと大口径の拳銃をかならずベルトに下げていた。裸の上半身にはいくつものタトゥーがあり、顔にはうぬぼれた笑みを浮かべ、たいがいはビールを持っている。アウトリガーに魚餌《えさ》をつけている写真、血や内臓にまみれながら魚をさばいている写真もあった。たがのはずれた笑い声を上げながら、魚鉤を刺したサメに銃弾を撃ちこんでいる写真もある。排出された薬莢《やっきょう》が陽射しを跳ね返していた。そういった写真の選択も、検察側の法廷戦術のうちだ。

「重ねて申し上げますが、私はギルバート・フックが見た目どおりの人物ではないことを陪審に思い出していただきたいだけです」フラグラーは、法外な時間給を請求する弁護士が並ぶ被告人席に向けて指を突き立てる。傍聴席の怒りに満ちたざわめきがいっそう大きくなった。「あの穏やかな外見にだまされてはいけません！」

「異議あり！」ギャロが叫ぶ。

「ミスター・フラグラー。もう十分でしょう」ついにアニーが制止した。

フラグラーはスラックスのポケットに両手を押しこみ、私と正面から向かい合って立った。青いシルク地のネクタイの鮮やかな花柄が私の視界を埋める。このときもまた、さわやかな香りが漂ってきた。

「マアム？あなたは最高レベルの学位をいくつもお持ちですね。それでも、死者を生き返らせることはできないのではありませんか」フラグラーは訊《き》く。

「できません」

「エイプリル・テューペローの遺族が失ったものを返してやることはできない。そうですね？とすれば、あなたのような立場にある人物は、感情のスイッチをオフにするしかない。そうでしょう、マアム？」

「いいえ、それは違います――」

「事実、あなたの一番古い記憶は、病に倒れて死にゆくお父さんのものだ」フラグラーが言う。「そのようなひじょうにデリケートな話題を持ち出さざるをえないことは残念です。だって、そのような経験は人格形成に計り知れない影響を及ぼしたでしょうから……」

「異議あり！　本件とは関係のないことです！」

「他者と絆《きずな》を結ぶことが困難になったのではないかと。いや、ここで言う他者とは、生きている人間のことで――」

「異議あり！　裁判長！」

「異議を認めます。質問の趣旨は何ですか、ミスター・フラグラー」

「どんな癌《がん》でしたっけ」フラグラーが私に向けて言う。

「父は慢性骨髄性白血病で亡くなりました」

「悲しいことに、あなたは幼くして心を防弾仕様にすることを学んでしまったわけだ。もちろん、マイアミの治安のよくない地域で子供時代を過ごせば、文字どおり防弾仕様でなくては生き延びられないのかもしれませんが」フラグラーはそう付け加え、傍聴席から嘲笑が起きる。「ご両親はいずれもアメリカ生まれではなく、英語もまともに話せなかったのでしたね？」

「異議あり、異議あり！」ギャロはうんざりした様子で首を振る。私はギャロよりよほど腹を立てているが、決して表情に出さない。

自らは由緒ある家の出で裕福なフラグラーは、私の子供時代やイタリア移民の娘という出自をあえて持ち出し、陪審や傍聴人に私はよそ者であると印象づけようとしている。私はアメリカ人とは言いがたい存在で、無情な女であると。法廷にいる人々の敵意が静電気のように伝わってきた。

「別の言い方をしましょう」フラグラーはギャロの異議にそう応じ、アニーはやはり傍観するばかりだ。「あなたは死病に冒されたお父さんの世話を幼いころから引き受けていた。そうですね、マアム？」

「はい」

「だから感情を殺すことを学ばなくてはならなかった。違いますか」

「違います」

フラグラーはまた手もとのメモをめくって時間稼ぎを試みた。傍聴席から意地の悪い発言が漏れ聞こえ、私は耳をふさぎたくなる。

「静粛に」アニーが言う。

「マアム？」フラグラーが私を見る。「エイプリル・テューペローは殺害されたのではないと判断した根拠を……いや、いまのは取り消します。初めから言い直します……私の理解が正しいかどうか、教えてください。あなたの見解は、雪片のような小さな物体の存在に基づいているわけですね？　先ほど博物館の職員が証言した物体です……〝珪藻《ダイアトム》〟でしたか。私の発音は正しいでしょうか」

「はい」私は答える。

「珪藻というのは、要するに藻ですよね。池や水槽で見かけるもやもやとした緑色のもの」

「異常発生して〝水の華〟と呼ばれる状態にでもなっていないかぎり、肉眼では見えません」私は答えた。

「つまり、珪藻と呼ばれる目に見えないような大きさのもの――〝水の華〟と呼ばれるほど大量に発生していないかぎりふつうの人間には見えないものに、あなたはたまたま気づいたというわけですか」

「個々の単細胞藻類は、顕微鏡さえあれば見えます」私は陪審席の九人の女性と三人の男性に視線を向けたまま答える。陪審員のほとんどはすでに退職した年代で、大卒だ。

「マアム、とすると、あなたは幸運を期待して顕微鏡をのぞいたわけですか。スナック菓子に入っているおまけを探すみたいに」

「いいえ、違います。私が珪藻を見つけたのは、幸運でも偶然でもありません」私は答える。「二十一ヵ月前、十月十七日に行われたエイプリル・テューペローの検死解剖時に保存された肺細胞を顕微鏡で拡大して見たのは、珪藻の有無を確かめるためであって――」

「先ほど申し上げたように、珪藻があるだろうと直感して、それを証明するために人体のパーツで実験を試みたわけですね」フラグラーは言った。「ももの缶詰のように、ガラスの瓶に入れて二年近くも保管されていたものを引っ張り出してきて……？」

「異議あり！」

「異議を認めます。ミスター・フラグラー、証人に最後まで答えさせるようにしてください。進行を急いだほうがよさそうですし」アニーが言う。夕立雲が近づき、遠くから低い雷鳴が聞こえ始めていた。

「解剖の際に」私は先を続けた。「臓器などの生物組織を採取し、ホルムアルデヒドの無色の水溶液ホルマリンに漬けて保存するのが通常の手続きです」

私が陪審に向けて死体保管室の基本手続きについて簡単に説明しているあいだも、フラグラーはせわしなく立ち位置を変え続けた。頭をこちらにかたむけ、あちらに伸ばして、フラグラーの背後をのぞこうとしている私は、きっと滑稽に見えたことだろう。

「葬儀社で行われるエンバーミング処理にもホルマリンは使われていて、珪藻の有無には影響を及ぼしません」私は説明を続ける。「言い換えれば、ホルマリンが珪藻を分解した可能性はなかったということになります。問題なのは、エイプリル・テューペローが死んだ当時、珪藻の有無を誰も確認しなかったことです。確認するのが当然なのに、誰も確認しませんでした」

私が目を通した報告書や口頭で受けた報告には、珪藻の有無を確認したことを示唆する文言は一つとしてなかった。それはドクター・ベイリー・カーターが監察医としての能力を失っていたからだと私は確信している。ベイリーと親しかった人々によれば、六十四歳にして急速進行性認知症を発症していた。物忘れが激しく、言動に一貫性がなく、他人の意見に耳を貸さなくなっていた。

エイプリル・テューペローの検死解剖を担当し、法医学捜査の責任者でもあったカーターは、死因がおそらく溺死であること、あるいはその可能性があることを考慮に入れなかった。解剖最終報告書と死亡診断書の死因の欄には〈扼殺《やくさつ》〉と記入されている。何を根拠に扼殺と断定したのだろう。エイプリルの喉の軟組織は、腐敗したり、海洋生物に食われたりして、大半が失われていたのに。

首の組織に損傷があったとする証拠はない。したがって、絞扼《こうやく》が死因であると断定する根拠もないのだ。死因は扼殺ではない。ひょっとしたら、損傷はあったが、その痕跡がなくなっていたか、発見できなかった可能性はある。しかし、溺死であることは確かだ。ベイリー・カーターはその明らかな徴候を見逃した。珪藻の有無を確かめることなく、胃の〝水っぽい茶色の〟内容物を処分してしまった。

もしそのときちんと確認していたら、私が保存されていた被害者の肺組織を調べて珪藻を発見したように、ベイリー・カーターも珪藻を見つけられていたはずだ。私は陪審に向かってそう説明した。

「外海で溺死した場合」私はそう続ける。「波にもまれて、海水を鼻から吸いこむだけでなく、飲みこむことが多いんです。とくに波が高いとき――」

私の証言はまたもさえぎられた。今回は、ふくよかな女性の陪審員が教室の小学生のように元気よく手を挙げたからだ。化粧が濃く、大きな指輪をいくつもはめたその人は、翼のような飾りがついた眼鏡《めがね》をかけ、髪をラベンダー色に染めていて、私はイギリスのコメディアン、デイム・エドナを連想した。

3

「証人に質問ですか」アニーが女性陪審員に確かめた。

「はい、発言してもかまわなければ。ぜひお願いします」女性のアクセントは、ヴァージニア州ではなくサウスカロライナ州のそれと聞こえた。

「どうぞ」アニーが女性にうなずいた。

「珪藻がどうしてそんなに重要なのか、いまひとつのみこめなくて。たとえば、被害者がその日のもっと前の時間帯に泳いでいたとすれば、遺体から見つかった理由も説明できるんじゃありませんか」

「肺から検出された理由は説明できません」私は答える。「言い換えるなら、正常に機能している内臓からは検出されないはずです」

「珪藻が見つかったことが、今回の裁判にどう影響するのか、そのあたりを説明していただけませんか。珪藻は危険だということ？　グラスに水道水を汲《く》んだら、そこにも珪藻が入っているんでしょうか。これにも？」

女性は水が入ったプラスチックボトルを光にかざした。つられて、ほかの陪審員も同じようにした。

「珪藻が入っているかどうか、どうやったら確認できます？　もし珪藻が入った水を飲んでしまったら？　うちのシュヌードル犬ならどうなります？」女性は大まじめにそう尋ねた。

「井戸や湖、小川や池の水を飲まないかぎり、珪藻が入っている心配はまずありません」私は答え、女性陪審員は裁判所から支給された鉛筆と紙でメモを取る。「ただし、人間にせよペットの動物にせよ、珪藻を摂取しないほうが安全です。珪藻は毒素を産出しますから」

珪藻は至るところに存在する——私は説明を続けた。川や入り江、海など、地球上のありとあらゆる水に生息している。花粉にさまざまな種類があるように、珪藻も生息場所によって多様な種類がある。

「捜査において重要である理由はそれです」私はそう付け加えた。質問をした女性陪審員はうなずきながら聞いている。「何がどこで起きたかを教えてくれる場合があります」

肺細胞から珪藻が検出されたら、それは被害者が水を吸ってしまったことを裏づける。この被害者の肺細胞からも珪藻が見つかった。細胞をスライドに取って顕微鏡でのぞくと、大量の珪藻が見えた。シーグラスの小さなかけらや万華鏡の左右対称な幾何学模様を連想させる光景だった。

「被害者が船から転落したと思われる海域で採取された海水のサンプルもありました」どのような検査を行ったか、私は陪審に向けて要点を説明した。「海水に含まれていた珪藻と、被害者の肺細胞から検出された珪藻が一致――」

「それに関してあなたが正しいことはもう十分にわかりました」フラグラーがうんざりしたように口をはさんだ。「だからといって、エイプリル・テューペローは殺されたのではないということにはなりませんよね？　三日間、海中を漂っているあいだに肺に水が入りこんだ可能性だってあるわけですから。そうでしょう？」

「被害者は海水を吸いこんだんです。そのときまだ呼吸をしていたのでなければ――海に転落した時点では生きていたのでなければ、吸いこむとは考えられません」私は初めから主張してきたとおりのことをまた繰り返した。「つまり、船の上で死に、そのあと何時間か船の上にいたあと、切り裂かれて海に投げこまれ、魚の餌になったということはありえません」

　検察側の誤った主張が突き崩されて、フラグラーがいまにも癇癪《かんしゃく》を起こしそうになっているのがわかる。危険なサインがいくつも見て取れた。頬《ほお》に赤みが差し、右手は銃を抜く寸前の西部劇のガンマンのそれのようにかすかにひくついている。

「あなたは人を殺した人物を無罪放免したいわけですか、マアム？」頭に血が上ったのだろう、早口になり、ウェーブのかかった黒髪を乱暴な手つきでかき上げた。

「異議あり！」

「裁判長、これは当然の質問だと思いますが」

「証人は答えてください」アニーが言う。

「私はできるだけ正直に、明確に答えようとしているだけです」私は陪審に向けて話す。さっき質問をした女性は、私をまっすぐに見つめてメモを取っていた。「私の証言はいずれも医学に基づいています。この事案を始めから私が担当していたら――」

「そんなことは訊いていませんよ！」フラグラーが激した様子でさえぎった。私も即座にフラグラーの発言をさえぎって続けた。

「エイプリル・テューペローの死因を溺死と判断したでしょうし、死亡の状況はその後の捜査を待って――」ここで法廷が騒然となって、私の言葉はかき消された。

「静粛に」アニーの鋭い声が飛ぶ。傍聴席の一角からブーイングが、別の一角からは拍手が湧き、さまざまな言葉が飛び交った。「静粛に」

「今回は私が異議を唱えます、裁判長！」フラグラーは、裏切り者をにらむような目を私に向けた。

「あなたが召喚した証人でしょう」アニーが指摘する。

「そのとおりですが、裁判長、証人のいまの発言は質問に答えてのものではありません。単なる憶測をあたかも事実であるかのように述べています――！」電話でも、対面でも、私は同じ内容をあらかじめ伝えていたのに、フラグラーはまるで初めて聞いたかのような顔をしていた。

「みなさん、静粛に……」

ささやき声やひそひそ話はやまない。

「法廷では私語を慎んでください。みなさん、お静かに願います。静粛に、静粛に……」

騒がしかった傍聴席がしだいに落ち着きを取り戻す。私が右手にはめているフィットネス・トラッカー型の〝スマート〟リングが静かに震え、携帯電話にメッセージや着信が次々届いていることを知らせているが、携帯電話はいま私の手もとにない。私はまたピート・マリーノのほうを盗み見た。マリーノも本当なら携帯電話を持っていないはずだ。しかし規則とはマリーノ以外の人々のために定められているものであり、届いたメッセージを確かめたマリーノの顔はいかにも不機嫌そうだった。

マリーノの親指は忙しく動いて返信を入力している。ここで即座に返事を送るということは、よほどの緊急事態なのだろう。私の視線を感じ取ったかのように、マリーノがしかめ面を上げた。何かあったのだ。それも何かよくないことが。そうに決まっている。

「マアム？」フラグラーが私に呼びかけ、ポケットからまたタブレット端末を取り出した。「この画像をごらんになったことはありますか。生前動画とでも呼びましょうか、被害者が生きていたころの記録です」

再生が始まった。幼いころのかわいらしいエイプリル・テューペローの動画が映し出された。エイプリルは七歳になるまでに数多くの美少女コンテストで優勝していた。傍聴席からすすり泣きやささやき声がふたたび聞こえた。私は、幼くして殺害された美少女コンテストの女王ジョンベネ・ラムジーを思い出した。

「異議あり！　本件とは無関係で、先入観を抱かせます！」ギャロが言う。

「異議を却下します」

「ごらんになったことは？」フラグラーが私に訊く。

「いいえ」

「なるほど。資料にはすべて目を通したとおっしゃっていませんでしたか」

「この動画を私が見るべき理由はないように思います」私は答える。

「見ればエイプリル・テューペローの身元の特定に役立ったのでは？」

「亡くなったときはすでに成人していましたし、発見された遺体は、外見から身元を特定できる状態にはありませんでした」私はわかりきった事実を述べる。法廷がいっそう騒がしくなった。「身元確認の決め手になったのは、歯科治療記録とDNAでした」

モニター上に新たな画像が表示された。チンコティーグ高校の学園祭の女王に選ばれたときのエイプリルの写真だ。すらりとしたアスリートのような体つき。黒いロングドレスに身を包んだ姿は『セヴンティーン』誌のモデルのようだった。

「この写真はいかがです？」フラグラーが尋ねる。「ごらんになったことは？」

「ありません」

「では、こちらは？」

今度映し出されたのは、目も鼻も見分けがつかなくなった顔と毛髪が失われた頭部の写真だった。ウジの湧いた遺体を検屍局と市警の職員が黒い遺体収容袋に収めている場面をとらえた写真。空っぽの眼窩《がんか》とむき出しの歯がひときわ目立つ、ショッキングな一枚を意図的に選んだに違いない。

「遺体発見現場で撮影された写真や動画なら、何度も見ました」私は答えた。「精神を病んだボーイフレンドの手で魚の餌に変えられるなど、エイプリル・テューペローが望んだことでも、夢見たことでもなかったはずです。そうでしょう、マアム……？」フラグラーはこのときもまた被告人を指さした。

「異議あり、裁判長！　いまの発言のどこが質問なんですか。いったい何を尋ねているんですか」ギャロが激しい口調で抗議したちょうどそのとき、私たちの真上でライフルの発砲音のような雷鳴が轟《とどろ》いた。「え？　私が何か言ったせいですか」ギャロが頭上を見上げると同時に、雨粒が屋根を激しく叩《たた》き始《はじ》めた。

突然の雷雨の音が法廷を震わせ、まるで戦場に放りこまれたかのようだった。この裁判にはふさわしい効果音だ。傍聴席は真ん中できれいに敵味方に分かれている。通路の片側には被害者エイプリルの関係者。もう一方には被告人ギルバート・フックの関係者。

テューペロー家とフック家は、ヴァージニア州東部海岸一帯の二大王朝と目されている。漁業におけるライバル関係は何世代も続いていた。両家のあいだに積もり積もった敵意について、この法廷ではほとんど触れられていないが、私は非公開の心理鑑定報告書や捜査報告書でその下世話な詳細を目にしていた。

両家の争いの始まりは南北戦争以前までさかのぼる。対立は歳月とともに激化し、被害者と被告人の双方にとって危険因子となっていた。まるでシェイクスピア悲劇のように、二人の恋愛は初めから破滅する運命にあったのだ。一方で、だからこそ二人は惹《ひ》かれ合ったとも言える。マスコミがこの事件をさかんに取り上げ、何冊もの本が書かれた理由の一つはそれだ。

来る日も来る日も、『ニューヨーク・タイムズ』紙、ロイター通信社、フォックスニュース、CNNをはじめとする大手報道機関の記者が法廷に詰めかけ、後ろの壁際を埋めた。映画の撮影班が近隣のホテルに長逗留《ながとうりゆう》し、そのカメラや執拗《しつよう》な質問をかわすのは至難の業だ。裁判地がワシントンDC郊外の街に移されたのは、扇情的な報道が最大の理由だった。

アレクサンドリアの旧市街《オールド・タウン》はヴァージニア州の北端、ワシントンDCとの境に位置している。テューペロー一族とフック一族の出身地から見ると、アレクサンドリアは異国のようなものだ。この街に裁判地を移せば、両家と利害関係を持たない中立的な陪審員をそろえられる。だからといって、親戚や友人、支援者や野次馬が大挙して押しかけてくるのを阻むのは不可能だ。

彼らはキャンピングカーで来て、近くのキャンプ場に滞在している。ポトマック川に係留した釣り船で寝起きしている人もいる。つねに大人数で裁判所とのあいだを行き来し、地元のマリーナやコインランドリー、酒店や食料品店を占領している。ワクチンや銃規制、人工妊娠中絶など火種となりやすいトピックをめぐって小競り合いに巻きこまれた住人もいた。

この街で暮らしている誰もが彼らの行動から少なからぬ影響をこうむっている。一部の住民が、とくに夜間にはむやみに出歩かないようにしている理由は、ＣＯＶＩＤ－19とその変異株だけではない。ここ数日は、検屍局の前につねにデモ参加者が集まり、メガホンを片手に駐車場の周囲を練り歩いている。鍋の底を棒で叩きながら「エイプリルに正義を」と繰り返す。

その一部は、私の自宅の前にまで来た。私の姪《めい》のルーシーが設置した隠しマイクや隠しカメラに、彼らの下劣な発言やしぐさがとらえられていた。私と夫のベントンは、この公判が始まって以来、行きつけのパブやレストランを一度も訪れていない。お気に入りの店に頼んで料理を宅配してもらうこともなく、散歩やジョギング、サイクリングにも出かけていない。

「マアム」フラグラーが言った。「あなたが過去に調べた暴力の被害者の総数はどの程度になりますか」

「正確な人数はわかりません」

「五千？　一万？」

「もっとだと思います」

「もっと？　あなたの日常が目に浮かぶようですね」

またか。フラグラーは私のことを〝死人の医者〟として描き続けた。患者に接する際のマナーをわきまえず、共感を抱く能力のない人間として。それを聞きながら、私は母が死の間際まで娘を容赦なく批判し続けていたことを思い出した。


どうしたって治せないのよ、ケイ。死んだ人は生き返らない。母の声が頭のなかで反響する。**お高い学費は無駄だったたってことね。**自分がお金を出したわけでもないのに。

ケイは本当に人づきあいが下手。今度は妹のドロシーの声が頭に入りこんできた。**人間嫌いなんだものね。**妹はことあるごとにそんな風に言う。

「ひとことで言えばマアム」フラグラーが声のボリュームを上げた。「あなたはすっかり鈍感になっているんですよ。エイプリル・テューペローは切り刻まれて魚の餌にされた。そんな扱いをされるいわれはないと私は思いますが、さすがのあなたもこれには同意しますよね」

「異議あり！　検察官はまた同じことを繰り返しています！」ギャロが立ち上がる。

「異議を認めます――」

「ギルバート・フックは被害者の遺体を切り刻んで海中に投棄し、カニに食わせたんですよ！」フラグラーが声を張り上げた。

「地獄に墜《お》ちろ！」傍聴席から誰かが叫ぶ。

「静粛に……」

「電気椅子でフライにしろ！」

「法廷では静粛にお願いします……」

「有罪だ！」ほかの人々も同調する。

「静粛に！」アニーが木槌《きづち》を振り上げると同時に雷鳴が轟き、大粒の雨が屋根を荒々しく叩いた。

「有罪だ！」

「エイプリルに正義を……！」傍聴人がスローガンを唱え始めた。

「静粛に！」

アニーが木槌を打ち鳴らし、ギャロはふたたび審理無効を訴えた。暴動とは思いがけず始まるものなのだと私は思った。またもピート・マリーノのほうを盗み見た。私のスマートリングはひっきりなしに震えて着信を知らせている。

「静粛に！　みなさん、法廷ではお静かに願います……！」アニーは木槌をさかんに鳴らす。法服の袖が、まるで怒った黒い鳥の翼のようにはたはたと翻った。

廷吏がいつでも動けるよう身がまえるなか、怒声はゆっくりと静まった。アニーの目の奥に不安の影がよぎるのが見えた。アニーのそんな様子は初めてだ。裁判専門チャンネルの生中継でながめているなら、いまここで起きていることもエンターテインメントと思えるだろうが、現にその場に居合わせている身には、笑いごとではない。

「みなさん静粛に。静粛にお願いします」アニーが言った。「ミスター・フラグラー、続けてください」

「端的に言えば、あなたはほんの数ヵ月前までエイプリル・テューペローの件にまったく関係していなかったわけです」この法廷で裁かれているのは私であるかのような口ぶりだ。「なのに突然、専門家証人としてこうして出廷しているわけでしょう。そのあなたの証言を信じろと？」

「ワロップス島の遺体発見現場に立ち会い、その後エイプリル・テューペローの検死解剖を担当した監察医は、私がヴァージニア州に戻ってくる前に亡くなりました」私は答えた。

「あなたは宣誓証言のなかで、亡くなったドクター・ベイリー・カーターは、要するに医療過誤や偽証をはじめとする罪を犯したと言っていますね」

「いいえ、そんなことは言っていませんし、故人を犯罪者呼ばわりしたりなど――」

「その結果、ネガティブな報道がたくさん出ることになったわけです。キャリア初期にまでさかのぼって、ドクター・カーターが担当した案件のすべてに疑いが向けられることにもなった。違いますか」

「それは事実です。けれども、そういった動きは不当であり、また不必要なことだと私は――」

「ドクター・カーターの職業倫理や判断力に疑いが生じ、過去数十年分の担当案件が精査されている。そういうことですね？」フラグラーは、またも目の前に立ち、私から陪審席が見えないようにした。

「ドクター・カーターは、私が知るなかでずば抜けて優秀な監察医でした」私は答える。彼の奥さんはきっとこれをテレビで見ているだろう。「ただ、亡くなる寸前には認知障害を患っていました」

「ドクター・カーターが担当したなかでとくに有名な案件の一つがコロニアル・パー

クウェイ連続殺人事件で、現在、これに関する判断にも疑念が向けられています。この事件は、あなたが最初にヴァージニア州検屍局長を務めていた時期に発生したものですね」フラグラーは言う。「二十二年前に起きた連続殺人事件ですが、当時の判断が正しかったのか、いまとなっては疑問――」

「異議あり！　本件と関係がありません」

「異議を却下します」アニーが言う。フラグラーが遠回しに指摘していることは、およそ事実だった。

「その連続殺人事件が発生した当時、ドクター・カーターがタイドウォーター支局の副局長を務めていたことは事実です」私は答える。

「そしてその当時、あなたはヴァージニア州検屍局長でしたね。つまりドクター・カーターは部下、あなたは上司だった」

「当時はそうでした。私の知るかぎり、その連続殺人事件に関して誤った対応があったという報告は――」

「当時あなたは局長だったから、何かあればかならず報告があったはずだということですね。いまと状況はまったく同じだ。つまり、最終的な責任はあなたにある」

「そうです」

「パークウェイ連続殺人事件からまもなく、あなたはヴァージニア州を離れたわけですね」

「はい」

「あなたには好都合でしょうね。あなたはこうしてこの州に戻ってきて、あなたが不在のあいだに、今回の事件をはじめいくつもの案件で判断の誤りがあったと証言している。陪審員にそう思わせたいわけですね」

「異議あり！」

「却下します」

「あなたはベイリー・カーターをだしにして、自分を有能に見せようとしているのでは？　あなたの目的はそれなのでは？」

「違います」私は答える。

「ドクター・カーターは陰謀に加担していた。その罪の意識から自殺した。違いますか。首を吊《つ》った理由はそれなのでは？」

「異議あり！」

「却下します」アニーは言った。フラグラーの主張は言語道断もいいところなのに。

4

「陰謀なんて私は一つも知りませんし、ドクター・カーターに関する私の証言に悪意や嘘《うそ》は含まれていません」私は陪審席をまっすぐに見て言った。これを見ているベイリー・カーターの遺族の気持ちを思いやりながら続けた。「ただ、エイプリル・テュ一ペロ一の事件では誤った推測をし、それが結論を大きく——」

「あなたは当時ヴァージニア州に住んでいたわけでも働いていたわけでもないのに、後知恵でずいぶんとあれこれ批判なさるんですね」

「証言の時点でドクター・カーターを批判したり責めたりするつもりはありませんでしたし、いまもそれは変わっていません。それでも、彼が取り返しのつかない誤りをしたのは事実です」私は答える。「ドクター・カーターが検死解剖時に残した手書きのメモや図には、死斑が見られると書かれています。死後に皮膚が赤黒く変わる現象のことです。ところが、実際には死斑は認められません。たとえば——」

「なるほど、ありがとうございます——」フラグラーがまたしても割りこもうとする。

「証人に最後まで答えさせてください、ミスター・フラグラー」ようやくアニーが私に公平な裁定をした。

「死後、心臓は停止します」私は陪審員に向けて続けた。「したがって血液の循環も止まり、沈殿物のようにたまります」

血液がたまった部分の皮膚は、打ち身を思わせる紫赤色を帯びる。死後も何時間か船上にあったなら、エイプリル・テューペローの遺体にも死斑が認められるはずだ。ドクター・カーターが何を見て勘違いしたのかわからないが、遺体には彼が指摘するような死斑は一つとして残っていなかった。

「死斑は出ていませんでしたし、魚を誘《おび》き寄《よ》せるために故意につけられた損傷もありませんでした」私はその点をことさら強調した。「エイプリル・テューペローの背中から臀部にかけての切り傷は、モーターボートのプロペラによるものです。ナイフなど鋭利な刃物でつけられたものではありません」

「ちょうどいい、このへんで被害者の遺体に残っていた無残な傷に話題を移しましょう」フラグラーは傲然と言い放って検察側のテーブルに戻った。

そこにあった白い段ボールの書類箱を持ち上げる。コピー用紙の束が入っているようなサイズの箱だ。〈証拠書類〉〈証拠物〉といった正式なラベルは貼られていない。

そこに入っているのは、〝証拠のような何か〟にすぎないからだ。印象操作の道具と言ってもいい。フラグラーの動きに合わせ、箱のなかで物体がすべるひそやかな音が聞こえた。ギャロがすかさず異議を唱えた。

「裁判長。検察官は証拠としての価値のないものを持ち出そうとしているようです！」ギャロが言った。

「検察側の主張を明快にするための説明にすぎません」フラグラーがアニーに向けて言った。

「許可しますが、私の忍耐はそろそろ底をつきかけていますよ、ミスター・フラグラー」アニーは検察側の最大の見せ場になりそうな行為を止めなかった。

フラグラーがこれから陪審に見せようとしている刃渡り二十センチのナイフには、ごつい柄《え》と鍔《つば》がついている。刃の材質はカーボンスチールで両刃、先端は鋭く尖っている。私がそのことを知っているのは、フラグラーも同席している場で何度か実物を調べたからだ。被告人はマーシャルアーツの訓練を受けていて、投げナイフの競技会にも出場するほどの腕前の持ち主だ。コンバットナイフを所有していても不自然ではないし、それにエイプリル・テューペローのＤＮＡが付着しているとしても意外ではない。

二人は同棲《どうせい》していた。船がチャーターされれば、エイプリルもそれに同行した。二人とも工具類や刃物の扱いに慣れていて、作業内容に応じてさまざまなタイプのものを使いこなしていた。二〇二〇年十月十四日の夕刻、熱波のなか、二人は食事もそこそこにビールを飲みながら口論を始めた。被告人の供述書によれば、日が暮れかけたころ、エイプリルは用を足してくると言って席を立った。

〝十分か十五分、もしかしたらそれ以上の時間が過ぎたのに〟エイプリルは戻らず、ギルバート・フックは彼女を捜し始めた。しかし船内では見つからなかった。〝パニックに駆られて〟――と本人は述べている――サーチライトで海面を照らした。それでも見つからず、無線で沿岸警備隊に救難信号を発した。エイプリルの失踪は殺人として扱われた。ただしそのことと、エイプリルとギルバートの仲が険悪になりかけていたこととは無関係だ。

二人の口喧嘩は、その晩に起きた悲劇の遠因ではある。だが法律の観点から見たとき、エイプリルが死んだ理由はそれではない。私は船の写真や動画を含めた証拠を調べたうえで、そう判断した。船尾の金属の綱止めに血痕が残っており、その綱止めのそばにエイプリルのビーチサンダルが片方だけ落ちていた。検死解剖の結果を見ると、左足の甲に死亡推定時刻ごろについたと思われる深い切創があり、親指の骨は折れていた。

死後のアルコール血中濃度は、法定制限の三倍だった。外傷はほかになく、また格闘の形跡も見られないことから、エイプリルは泥酔した状態で船首に戻ろうとして綱止めにつまずいたのだろうと私は考えている。その夜は波が高く、船は上下に揺れていた。日没後とあって、視界は悪化する一方だったし、転落防止の手すりは低くて、エイプリルは救命胴衣を着けていなかった。

検死解剖報告書には、被害者の膀胱《ぼうこう》には尿がたまっていたとある。つまり、トイレにたどり着く前に――おそらくはトイレに向かう途中に――船から転落したと推測できそうだ。同じような痛ましい事故を私は何度も見てきた。小さなリスクが次々加算された結果、ふいに方程式が悲劇のほうにかたむく。

荒れる波間に沈むまいと手足をばたつかせ、空気を求めて必死になっているあいだに、海水を飲みこみ、吸いこんでしまったのだろう。そして悲鳴一つ上げられないまま海中に沈んだ。エイプリルがいなくなっていることにギルバート・フックが気づいたとき、どのくらいの時間がたっていたのか、その点は証明のしようがない。確かにわかっているのは、無線で助けを求めたのは日没から一時間が過ぎた、午後八時数分前だったことだけだ。

「あなたは残虐行為のエキスパートなのでしょうから、マアム、事件当夜どんなことが起きたのか、陪審員の前で見せていただけませんか」フラグラーが言う。「〝百聞は一見に如《し》かず〟です。どんなことも自分の目で見るべきだと、あなたご自身もふだんから言ってらっしゃるそうですし」

フラグラーが書類箱を持って近づいてくる。

「ご質問の趣旨がよく――」私はそう答えかけた。

「みなさんにあらかじめ警告させてください。これからお見せするのはショッキングなものかもしれません」フラグラーが雷鳴に負けない大きな声を張り上げた。雷雲はこの法廷の真上で停滞している。

私のすぐ前の磨き抜かれた木の手すりに書類箱が置かれる。テレビの生中継を見ている無数の視聴者の目を意識して、フラグラーはしぐさの一つひとつまで計算している。

「できれば想像さえしたくない品物ではありましょうが」フラグラーが言い、傍聴席からささやき声やベンチの軋《きし》む音が聞こえた。

「静粛に」アニーが言う。

傍聴人がもっとよく見ようと席から身を乗り出す。張り詰めた空気が地震の前触れのように小刻みに震えていた。

「私たちは勇気を持って直視しなくてはなりません——ギルバート・フックが愛し、結婚を望んでいたはずの相手にどのようなことをしたのか」

「異議あり！　いまの発言のどこが質問なのでしょうか」ギャロが叫ぶ。

「被告人が本当に望んでいたのは、エイプリル・テューペローを我がものとし、支配することだったのです——文字どおり、死ぬまで！」

「異議あり！」ギャロがまた立ち上がる。

フラグラーは書類箱に手を入れ、短剣に似た形状の黒い鋼のナイフを取り出した。それはネットオークションサイトで手に入れた品物だ。フラグラーは以前にも陪審員に同じものを見せているが、私は法廷にいなかったし、きっとこれから始まるであろう怪しげなデモンストレーションもそのときには行われなかった。

「先ほども申し上げましたとおり、これは実際に使用された凶器ではありません。二十一ヵ月前に被告人のチャーター船にあったナイフとは別物です。しかし、まったく同種のもの、同じメーカーの同じ型番のナイフです」フラグラーが言う。

「裁判長、先ほどと同じ異議を繰り返します！」ギャロはまたもや激しく抗議したが、アニーは何ら対処しようとしない。「検察官が見せびらかしているナイフがこの裁判と関連しているとする証拠は何一つありません。被害者が亡くなったのは悲劇であるという点では誰の意見も一致するでしょうが、被害者はギルバート・フックやほかの何者かに扼殺されたのちに遺体を損壊されたのではありません」

「今度はそちらが証人の代わりに証言しているようなものでは？」フラグラーが切り返す。

「ミスター・ギャロ、あなたの異議を認めます」アニーがそう言い、ギャロは意外そうな顔をした。

「ありがとうございます」ギャロが腰を下ろす。

「続けてください、ミスター・フラグラー。あなたは時計を見ていないかもしれませんが、私は見ていますよ」

「はい、裁判長。被告人所有の船で発見された実際に使用されたナイフは証拠として採用されています。そのナイフの検査は、ここアレクサンドリア市内の科学捜査ラボで行われたのでしたね、マアム？」

「はい」私は答える。

「そのラボの責任者はあなたですね」

「検屍局と同じ建物内にはありますが、責任者は私では――」

「責任者ではないが、検査について指示を出せる立場にはある」

「検屍局が関わる事案に関しては、そのとおり――」

「証拠物件の汚染という懸念がありますから、ギルバート・フック所有の本物を法廷内で回覧していただくわけにはいかない。凶器のナイフからはエイプリル・テューペローのＤＮＡが検出されたのでしたね、マアム？」

「異議あり！　裁判長、ドクター・スカーペッタは凶器のナイフを検査していません」

「異議を却下します。証人は答えてください」

「被害者のＤＮＡが検出されたことは知っています」

フラグラーは凶器のレプリカを高く掲げた。恐ろしげな見た目のナイフだ。陪審員が魅入られたように首を伸ばす。傍聴席の抗議の声やざわめきがいっそう大きくなる。

「被告人は、愛用のコンバットナイフをつねに持ち歩いていました。鋼の刃は黒く、暗闇では見えません」フラグラーが続ける。「〝暗殺者の理想の武器〟と宣伝されている製品です。斬りつけたり、投げたりするのに――」

「異議あり！」

フラグラーが書類箱とナイフをこちらに差し出す。私は手を触れなかった。

「あなたは変死の専門家を自称していらっしゃいますね、マアム。被告人がエイプリル・テューペローの遺体をどうやって切り刻んだのか、専門家のあなたが実演していただけませんか」フラグラーは執拗に私を挑発する。私が冷静さを失うのを期待しているのだろう。

「死後に遺体に切創をつけたのは、そのナイフではありません。そもそもナイフではありません」私は同じ証言を繰り返す。フラグラーが書類箱を上下さかさにひっくり返した。

「あなたが実演してくださらないなら、事件当夜何が起きたか、私が見せましょう。それを見たうえで、私が正しいかどうか判定していただきたい！」フラグラーはぎょっとするような乱暴な手つきでナイフの刃を書類箱に突き立てた。ざっざっと大きな音を立てて段ボールを貫き、切り裂く。

傍聴席が沸いた。拍手と口笛が響き、ギャロが激高して異議を唱え、アニーは木槌を鳴らす。〈エイプリルに正義を〉Tシャツを着た、痩せて険しい顔つきをした女性が声を上げて泣きだした。あの女性ならニュースで見たことがある。ナディーン・テユーペロー。被害者エイプリルの母親だ。

「わかります。見ていられませんよね」フラグラーは法廷を出ていこうとするナディーンを目で追った。近くの席の人々が脚を縮めて彼女を通し、背中をそっと叩いたり、手を握ったりしている。

ほかにも三人の女性が席を立った。おそらく遺族だろう。四人は急ぎ足で法廷を出ていった。数人のジャーナリストがそれを追う。そのなかに〈チャンネル5〉のデイナ・ディレッティもいた。デイナは私が出廷するたびに出口で待ちかまえていて質問を浴びせてくる。傍聴席がまたざわつき、アニーが木槌をふるって静粛を呼びかけた。

「お静かに願います」

「事件の夜、いま私がしたようなことが起きたのでは、マアム？」フラグラーは私に視線を戻して言った。「被告人は、いま私がしたようなことをエイプリル・テューペローの遺体にしたあと、海中に遺棄したのではありませんか。あなたは切り傷をつけたのはモーターボートのプロペラだなどと説得力に欠けた主張をなさっていますが」

「切創には周期性が認められました。ナイフなどの刃物ででたらめに斬りつけてできる傷とは考えられません」私はフラグラーの顔を見ずに言った。

「また何やらむずかしい語が出ましたね。〝周期性〟」フラグラーは軽蔑するように言った。傍聴席の喧噪《けんそう》は危険なレベルまで高まっていた。

「遺体の背中から臀部にかけて、きっかり四センチごとに切り傷がついていました」

私は陪審員に向かって説明する。「砂を熊手《レーキ》でならしたときの筋模様に似ています。互いに平行に、そして等間隔に並んだ線です。〝周期性〟というのはそのことです」

フラグラーはナイフとずたずたになった箱を掲げ、得意げに廷内を一周した。通路を隔てた両陣営に渦巻く感情は、天気とそっくりだ。雷鳴がとぎれとぎれに轟き渡り、雨粒は気まぐれなリズムを奏で、ときおり強い風が吠《ほ》えた。

「静粛にお願いします」アニーが言う。

「あなたは現場にさえ行っていない！」フラグラーはナイフの切っ先を私に向け、一語一語を強調して空《くう》を突いた。法廷のあちこちからこちらを見つめているテレビカメラを意識しているのは明らかだ。「ほんの数ヵ月前まで、あなたはこの事件について考えたことさえなかった！」

「異議あり！」

「……だからなんじゃありませんか。未来ある若く美しい女性を殺害した男が無罪放免になろうと、そうやって平然としていられるのは！」

「異議あり！」

さっきより大きなブーイング。「有罪」「フェイクニュース」と叫ぶ声。検察側の証人のくせに弁護側に有利な証言をしていると、あるいは政治家に買収されているのだろうと、私を責める声。傍聴席の後ろのほうに座っている強面《こわもて》の男性は私を「共産主義者《アカ》」と呼び、若い女性は「死体泥棒のナチ」呼ばわりした。

「静粛に。静粛に！　静粛に！」

「裁判長、検察側の尋問は以上です」騒然となった法廷が静まりかけたころ、フラグラーが言った。

「裁判長」ギャロが立ち上がった。「証人は弁護側がうかがいたい質問にすべて答えてくれました。反対尋問はありません」

「検察側の証人は以上です。陳述を終えます」フラグラーはわざとらしく壁の時計を一瞥《いちべつ》した。時刻は午後五時三十分になろうとしている。「長時間お疲れさまでした」

フラグラーは陪審員に言った。「長い一日になりましたね」

「裁判長」ギャロが言う。「検察側は、本件の法的論点のすべてを証明できていません。何度も申し上げましたとおり、証明すべきことが何一つないからです。ドクター・スカーペッタは宣誓のうえでご自身の立場を明らかにされました。弁護側としては、これ以上の証人を召喚して法廷や陪審員のお時間を浪費する必要はないと考えます」

「弁護側の陳述も終わりですか、ミスター・ギャロ？」

「はい、裁判長。付け加えるなら、検察側は二週間近くもの時間をかけたのに、証拠らしい証拠を一つとして示せませんでした。指示評決の申し立てを行います」

「却下します。審理を継続するのに十分な証拠が提示されました。証拠の質と量についての判断は陪審員にゆだねられます」

「ありがとうございます、裁判長閣下。弁護側からは以上です」ギャロが言った。

「検察側、弁護側とも、今日はこれで休廷してよろしいですね？」アニーが確認し、双方からけっこうですと返事があった。

ここでアニーはようやく私に直接話しかけたが、このときもまたアニーの顔には笑みの一つも浮かんでいなかった。私は退廷を命じられた。休廷が宣言されるまで、証人以外は席を立たないようにとアニーは付け加えた。私が無事に退出できるよう計ってくれたのだ。この裁判の証人としての私の務めは終わり、ふたたび証言台に喚ばれることはない。フラグラーに不埒《ふらち》な策謀と言動を許した分の埋め合わせのつもりかもしれない。

私は座面と肘掛けに硬い革が貼られた、座り心地の悪い木の椅子から立ち上がった。アニーは明日午前八時に開廷すると告げ、検察側、弁護側の最終弁論が行われることになるから、陪審員はこれまで以上に裁判所の厳格な指示に従うようにと付け足した。

「……審理はまもなく終わり、みなさんには評議に入っていただくことになります。被告人の今後をみなさんが決めることになるのです」アニーは言う。「今日、この裁判所をあとにする前に、この裁判に適用されうる法律について、私からもう一度説明し、みなさんには感情ではなく法に従って判断していただくようお願いし……」

まもなく陪審員は裁判所の裏門で待機しているシャトルバスに乗りこみ、公判の開始から隔離先となっている近くのマリオット・ホテルに帰ることになる。雷雨が去ったあと、きっと気分転換がしたくなるだろう。外出したいという衝動——川沿いを散策し、美しい景色を楽しみたいという抗しがたい誘惑に駆られるはずだ。

「……決して誘惑に屈せず……」アニーの指示が続く。

私は証人席の囲いを出た。ピート・マリーノが待っている。アクションヒーローのようなたくましい体を誇示するかのように、黒いカーゴパンツにタクティカルブーツにTシャツという服装をしている。マリーノが私のブリーフケースを差し出した。

「……ちょっとした用事だからと外出したりしないようにお願いします」アニーの指示はまだ続いている。「この近所にはすてきなレストランがたくさんありますが、いくら目と鼻の先でも、テイクアウト料理を注文しにいったりしないように。そうしたくなる気持ちはよくわかりますが、外出は控えて……」

アレクサンドリアのオールド・タウンの人口は一万にも満たないことをアニーは指摘する。アンディ・グリフィスが主演した古いホームコメディの舞台となった田舎町メイベリーと、さほど変わらないのだと付け加える。

「……この公判が始まって以来、その小さな街に全国からマスコミや観光客が押し寄せてきているのです……」

5

広々とした法廷は羽目板張りで、白漆喰《しろしっくい》の格天井からガラスのシャンデリアが下がっている。そこを歩き出すなり、敵意を含んだ視線がマリーノと私に集まった。マリーノの表情は険しく、顎周《あごまわ》りの筋肉に力が入ったままだ。きれいに剃《そ》り上げた頭頂に汗の粒が浮いていた。

私たちは通路のどちら側にも目をやらないようにして歩く。それでも傍聴人の卑猥《ひわい》なしぐさが視野の端をかすめた。誰もが隣の人を肘《ひじ》でつついたり、辛辣《しんらつ》な言葉をささやいたりしている。

「……ですから、街中をむやみに歩き回ったりしないでください。この裁判に関わりのある相手と出くわす可能性は高く、そうなると裁判に大きな影響が……」アニーがそう続ける声が聞こえている。私はさっき私を〝共産主義者《アカ》〟呼ばわりした男をうっすらと意識した。

通路側の一番後ろの席に座ったその男は、太陽に当たりすぎた酒飲み特有の赤ら顔をしていた。長く伸びた灰色の顎ひげはサルオガセモドキのようだ。首筋に星条旗の大きなタトゥーがある。おそらく皮膚癌のせいだろう、鼻と下唇の一部が欠けていた。

「おまえはもうおしまいだ」その男は低い声でそう言うと、ブーツを履いた痩せて骨張った脚を通路に伸ばした。

卑猥な言葉を吐きながら、私の足首を蹴る。アイスホッケーのスティックで叩かれたような衝撃に、私はよろめいた。傍聴席の人々が息をのむ。私が持っていた分厚いアコーディオンファイルから機密資料が落ちて床に散乱した。出廷経験は数えきれないほどあるが、今日はそのなかでも最悪の一日と言えそうだ。

「おっと危ない！」マリーノが私の腕をつかみ、私はいっそうばつが悪くなった。人々が忍び笑いをしながら小声でささやき合っている。アニーも気づいているのかもしれないが、表情を変えずにいる。アニーは陪審席に視線を据えたまま指導を続け、私は散らばった書類をもたもたと拾い集めた。内心では猛烈に腹が立っていた。頬が熱くなった。タイトスカートのせいで思うように動けない。ストッキングは伝線し、片方の靴が脱げかけていた。

書類を拾っているあいだに、こちらを凝視していた被告人ギルバート・フックと目が合ってしまった。フックの瞳はシベリアンハスキーのそれと同じ淡い青色をしている。私を嘲笑《あざわら》っているのか、口角がほんのわずかに持ち上がっていた。目が合った瞬間、フックは片目をつぶってみせた。ドライアイスなみに冷たい隙間風に吹かれたかのように背筋がぞくりとした。私は書類をブリーフケースに戻し、足を引きずりながらマリーノのあとを追って法廷を出た。

「あのクソ野郎、何のつもりだよ！」両開きの木製の扉が背後で閉じるなり、マリーノはわめいた。「あんな奴《やつ》、脚を折ってやりゃよかった！」

百九十センチに届きそうな身長とヘビー級ボクサーの体格をしたピーター・ロッコ・マリーノは、元殺人課刑事で現在は検屍局の法医学運用スペシャリストだが、見た目はナイトクラブの用心棒か犯罪組織の殺し屋のようだ。ニュージャージー州ベイヨンの生まれで、幼いころ身につけたアクセントや行動様式はいまも健在だ。粗野で無神経なところがあって、映画のタフガイを地で演じられそうだ。

とくに私のことで過保護になりがちなのは、そういう性分だからだ。各地で検屍局長を務めてきた私を庇護《ひごか》下に置いているつもりだろうと言う人もいる。私が勤務地を移すたび、マリーノも一緒に住まいを移した。私が必要とされているのがどの土地であろうと、マリーノもかならずついてくる。私のことを相棒だとマリーノは思っているが、私たちはそれ以上の間柄だ。

知り合ったころからずっとそうだった。いまとなっては家族の一員でもある。〝家族も同然〟という意味ではない。マリーノと私の妹ドロシーはくっついたり離れたりを長年繰り返したあと、COVID－19の世界的流行が始まったころに結婚した。つまりマリーノは私の義弟なのだが、私はまだまだその現実に慣れることができそうにない。

「……あの野郎、次にどこかで遭遇したらただじゃおかねえ……！」マリーノはよく通る声で続けた。「怪我《けが》はないか、先生？」

「このくらい何でもない」右の足首がずきずきしていた。

「この償《つぐな》いはかならずさせてやるからな……！」

「よけいな注目を集めないのが一番よ」私はたしなめるように言った。

だいぶ遅い時間なのに、廊下は完全に無人ではなかった。私はエイプリル・テューペローの母親ナディーンを目で捜した。ナディーンや彼女と一緒に法廷を出た人たちと顔を合わせたくない。いまどんな気持ちでいるだろうか。私が何をしようと、遺族の悲しみや敵意が軽くなることはない。私のせいと思われているとしてもしかたがない。

ボーズ・フラグラーが私のいないところで遺族にどんなことを吹きこんでいるかは

考えたくもない。法廷での発言だけでも十分すぎるほどひどいのだから。私が弁護側と結託しているとでも話しているに違いない。ギルバート・フックが私にウィンクしたのもよくなかった。マリーノは遠くに見えている〈非常口〉の誘導灯を目指して急ぎ足で歩いていく。白と黒の市松模様の大理石敷きの床を踏んで、私の靴のかかとが硬い音を響かせる。

三フロア下の中庭に面したパラディオ式の窓の前を通り過ぎた。雨がガラスを激しく叩いていた。雷鳴が轟き、黒々とした雲を稲妻が輝かせる。まだ夕方なのに外は真っ暗で、街灯がまたたきながら灯《とも》っていく。アレクサンドリアのオールド・タウンを貫くキング・ストリートが両方向とも渋滞しているのを見て、私は落胆した。

この分では二人ともずぶ濡《ぬ》れになるだろう。そのうえぴくりとも動かない大渋滞に延々とはまるなんて。私はブリーフケースから携帯電話を取り出した。スマートリングがひっきりなしに震えていた理由がわかった。アシスタントのマギー・カットブッシュから何度も電話がかかっている。ほかにも着信履歴がたまりにたまっていた。検屍局の副局長ダグ・シュレーファー、法医学調査官ファビアン・エティエンヌ、アレクサンドリア市警の刑事ブレイズ・フルーグ。

「何かあったの？」私はマリーノに尋ねた。「何かあったのよね？」

「大問題が発生した。一つならまだしも、立て続けに。大急ぎでここを出て……」マリーノが説明を始めたところで、ばんという大きな音が響き、もどかしげな声が聞こえた。

「……ああ、もう……！」

ベテラン法廷速記者のシャノン・パークが女性用トイレから現れた。

「……あっと……！」

銀色のハンドルを長く伸ばしたピンク色のキャスターつきスーツケースがまたもやドアにぶつかった。

「……まったく、勘弁してよ……！」シャノンは柔らかなアイルランド訛でそう言ったところで、私に気づいた。「ケイ？　いいところで会えたわ！」

年齢は六十代初め。まるで子供のように小柄だ。ベリーショートの髪は濃い赤紫色で、先端にかけてピンク色のグラデーションになっている。ビンテージものの衣料品店から竜巻がさらった服をそのまま着たような、ミスマッチで風変わりな装いが定番だった。今日は黄色のバケットハットをかぶり、足もとは私が子供のころ履いていたようなサドルシューズだ。

マリーノと私が仕事を始めた当初から、シャノンはヴァージニア州司法界に欠かせない存在だった。頻繁に顔を合わせていたし、よく一緒に昼ご飯を食べたりもしていた。最近は仕事のペースを落とし、関わりたい裁判を取捨選択している。

「こんな遅くになんでまだいるんだ？　しかも外は豪雨だってのに」マリーノが訊いた。

ギルバート・フックの公判では、シャノンはいつも午前中だけ速記をしていた。もう夕方なのにまだ裁判所にいるのは、たしかに意外だ。

「ちょっと届け物があってね」シャノンがそう答えると同時に、また雷鳴が轟き、突風が吹いて窓ガラスに雨粒を叩きつけた。「コーヒーを飲みすぎたのか、帰ろうとしたところで、お化粧直しが必要になって」つまりトイレに行きたくなったということだろう。「そのせいで二人に会いそこねたらどうしようかと心配していたところ」

「チルトン判事が休廷を宣言する前にここを出ようと思って急いでいるの」私は長話ができない理由をできるだけ穏やかに伝えようとした。「ごめんなさい。あとでこちらから電話するのではどうかしら。この週末の予定は埋まっている？　よかったらうちに遊びに来ない？」

「遠慮しておく。それに、週末にはもうここにはいないと思うから」シャノンはいわくありげに声をひそめた。

シャノンがスーツケースを引き寄せ、プラスチックのキャスターがやかましい音を立てた。ピンク色のリボンやレインボーカラーのステッカーで飾られたスーツケースには、速記用タイプライターやレコーダーなど、法廷速記に必要な道具が入っている。ほかにランチを詰めた容器や、いま読んでいるペーパーバック本も入っているはずだ。過去の例から言えば、本はミステリーだと思って間違いない。

「予定より早く仕事を辞めることにしたのよ。そのことを二人に伝えておきたくて」シャノンが言う。

「評決が出るのは何日も先になるかもしれない」私はそう指摘した。「公判はまだ終わっていないわ。みんな早く終われと思っているだろうけれど」

「私にはもう終わった話なの」シャノンは感情をこめずに言った。「私は辞める。ギルバート・フック裁判だけじゃないわ。法廷速記にはもううんざり」

「困るよ」マリーノが言った。「あんたは最高の法廷速記者だろ。東部一《いち》タイプが速い」

「しばらくリッチモンドの娘のところに居候させてもらうつもり。この時限爆弾が破裂する前に、遠くに離れておきたいわ」シャノンは言った。「どんな評決が出ようと、暴動が起きそうだから。しかも独立記念日が重なるのよ。私はごめんだわ。恐ろしい人たちばかりの街にはもううんざりなの」

「俺たちが車までエスコートするぜ」マリーノはそう言ってシャノンにウィンクした。私は被告人のウィンクを思い出して不愉快になった。「チルトン判事が休廷を宣言したら、あの阿呆《あほう》どもが一斉に法廷から飛び出してくる。その前にずらかろう」

「いえ、お気遣いなく。車は屋内駐車場に駐《と》めてあるから。あなたもそうすればよかったのに」

「俺は建物の真ん前に駐めておく主義でね。屋内駐車場は隠れ場所が多い。薄暗がりやら物陰やらに不届き者がひそんでいないともかぎらない」

「不届き者が襲ってきたら、これで脳天をかち割ってやる」シャノンの武器、花柄の傘は、私の母が昔持ち歩いていたものとそっくりだ。「ただ、もうしばらく様子を見ることにするわ。雷雨ってあっという間に通り過ぎるものでしょ。ほかのいやなこともみんなそうならいいのに」

シャノンはキルト地のハンドバッグに手を入れ、ピンク色の封筒を一通取り出した。表には何も書かれていない。

「落ち着いた時間ができたら開けてみて、ケイ。急ぎの用事も気を散らすものもないときに」

シャノンが封筒を差し出す。ホールマークのカードのような封筒で、なかに厚みのあるものが何か入っている。私は落ち着いたところで見てみると約束し、封筒をブリーフケースに入れた。シャノンはステッカーだらけのピンク色のスーツケースを引いて立ち去った。

「携帯電話がパンクしそう」廊下をまた早足で歩きだしたところで、私はマリーノに言った。「マギー、ファビアン、フルーグ。この二十分くらい、いろんな人が私と連絡を取ろうとしているみたい」

「チルトン判事には妹がいる。レイチェル・スタンウィック」マリーノが答える。唐突にレイチェルの名前が出て、私はいやな予感にとらわれた。「四十七歳。いやな野郎だってもっぱらの評判の億万長者ランス・スタンウィックと、離婚調停でもめてる。本人はＣＩＡに勤めてる。要するにスパイだな。二人ともあんたの友達なんだろ」

「レイチェルはＣＩＡの報道官よ。私の知るかぎり、スパイじゃない。定住先が見つかるまで、アニーの家に短期間だけ身を寄せているはず……」

「確かに短期間、短期間で終わったらしいぜ。ついさっき、レイチェルが遺体で見つかった。

キッチンの床に倒れてた」

「そんな」衝撃のあまり言葉が出なかった。

「チルトン判事にもそろそろ伝わるはずだ」

「気の毒に」

「このあと公判はどうなる？　苦行みたいな手続きをみんなでまた一からやり直すのか？」

「誰がアニーに伝えるの？」私は尋ねた。カフェテリアの前を通り過ぎる。明かりは落ちていて、入口はシャッターで閉ざされていた。

「フルーグだろうな」マリーノが答える。

「そんな器じゃない」

「言えてる」

「どう考えたって大混乱になるわよね。マスコミが騒ぐに決まっている。フルーグがあなたをヨーダだと思って見習おうとしているのはいいことね」

「そう思われて当然だしな」

アレクサンドリア市警のブレイズ・フルーグは刑事として新米中の新米だが、有能ではある。信頼に足りる人物だと私は思っている。それでも、家族の死を伝える役割は、さすがに荷が重いのではないか。

「電話をくださいってメッセージが届いているけど、用件は書いてなかった。この時点でどこまでわかっているの？」私はマリーノに訊く。もう廊下の突き当たりまで来ていた。

「フルーグは不審死って呼んでる。市警もそう発表する予定らしい。だが、フルーグが俺によこしたメッセージを読むかぎり、他殺が疑われてる」マリーノは非常扉を押し開け、先に通り抜けて階段に向かった。

「何を根拠に？」

「家宅侵入事件が殺人に発展したんじゃねえかって」マリーノの大きな声とブーツの足音が階段室に反響する。

「誰かが侵入したってこと？　レイチェルはドライブウェイで車に乗ろうとして、または車から降りようとして襲われて家のなかへ？　わけがわからない。撃たれたの？それとも刺された？　性的暴行の痕跡は？」

「さあな。フルーグも詳細は書いてよこさなかった。あとで出頭命令でも食らったらって警戒してるんだろうな。文字で残すとあとで面倒になるって俺から何度も言ってるから」

一階の踊り場まで下りたところでマリーノが言う。私の足首はずきずきしていた。マリーノは通りに面した非常口の扉を開けた。まるで洗車機のなかにいるようなすさまじい雨だった。水しぶきのなか、塀に囲まれた広々とした中庭を走り出す。頭上でバケツがひっくり返されたかのようだった。天気がよければ、この中庭は気持ちのいい場所だ。いつもは込み合っている。しかしいまは私たち二人だけだ。うつむき、水たまりをかき分けるような足取りで走る。強い風が私たちの体から服を剝ぎ取ろうとする。

誰もいない錬鉄のベンチやカフェテーブルの上で、木の枝が激しく揺れていた。見渡すかぎり人っ子一人いない。マリーノと私は、はためくシーツのような雨をくぐって中庭を横切った。今朝、いつものようにマリーノが迎えに来て車に乗った時点では、嵐の兆しなどどこにもなかった。昼過ぎに裁判所に向けて出発したときも、空は晴れ渡っていた。終日蒸し暑くところによってはにわか雨という天気予報だった。

こんな豪雨になるという予報ではなかった。しかもマリーノは雨傘を嫌っている。私が通勤に使っている公用車にはいつも雨具と鑑識ケースを積んでいるが、その車は私の家に置きっぱなしだ。マリーノはいつもどおり私の用心棒を自任し、今回の裁判が終わるまで自分が送り迎えすると言い張って聞かない。濡れた服を着替えたくても、マリーノのトラックの荷台に設《しつら》えられた物入れに個人防護具《PPE》があるだけだ。乾いた服をその下に着られないのなら、個人防護具は理想的な着衣とは言いがたい。

「遺体が発見されたのはいつ？　誰が見つけたの？」マリーノと並んで中庭を横切りながら私は雨音に負けじと声を張り上げた。服が雨で濡れて冷たい。

「夕方、レイチェルと会う約束をしてた地所の管理人が見つけたらしい」マリーノが答える。その管理人なら、私も知っている。

ホルト・ウィラードは七十代初めの男性で、若いころからずっとチルトン家に雇われている。アニーに招かれて何度も遊びに行っているから、私もホルトと会ったことがある。少し前にも顔を合わせたばかりだった。妹のレイチェルが発見されたというキッチンに座ったことも何度もある。

レイチェル・スタンウィックの姿が脳裏に浮かんだ。華やかで、快活な人だった。ただ、虚栄心が強くて冷淡なところもあった。私が同席しているときでも、レイチェルの目はいつも退屈そうにあたりを泳いでいた。

「管理人はレイチェルにどんな用があったの？」私はブリーフケースを持ち上げ、叩きつけてくる雨から顔を守ろうとした。

「そこまでは知らん」マリーノが答える。歩道に出たところで、私たちは口をつぐんだ。

　裁判所の前にデイナ・ディレッティがいた。裁判所はジョージ王朝風を再現した建物で、オールド・タウンの公共施設では数少ない、古い建築様式を現代に再現した建物の一つだ。マリーノの黒いピックアップトラック――フォード・ラプター――は、デイナと撮影クルーに完全に覚えられている。フェンダーからはみ出しそうなオーバーサイズのタイヤを履いた大型車は、スターバックスそばの駐車メーター前に縦列駐車されていた。

「よせって！」テレビカメラのライトが灯り、マリーノは怒鳴るように言った。「先生、行くぞ！」

　マリーノはカメラと私のあいだに割って入り、腹立たしげに腕を振り回した。火に油どころかガソリンを注ぐようなものだ。しかも全世界が見ている前で。

「オールド・タウンの裁判所前からデイナ・ディレッティが生中継でお伝えします……」デイナがリポートを始めた。

　美貌と百八十センチの長身を武器に活躍する有名キャスターのデイナ・ディレッティは、生で見ると迫力がある。カーキ色のトレンチコートの襟を立てて着ていた。撮影クルーは傘をさしかけるなど、王族に仕えるようにまめまめしくかしずいていた。

「……ギルバート・フックを被告人とする殺人事件の裁判で、今日も驚くべき展開があり……」デイナはマイクに向かって話している。

元プロバスケットボール選手のデイナは頭の回転が速く、大胆で、敏捷《びんしょう》だ。取材対象と追いかけっこをしても息一つ切らさず、得点を稼ぐためならどんなことだってする。肘打ちなどファウルを犯しても、なぜかデイナは罰則を食らわずにすむらしい。

6

「もとより奇怪だった事件に、ショッキングな展開がありました。このままでは審理無効になるのではとの懸念も浮上しています」そう前振りをしてから、デイナ・ディレッティは私に迫った。「ドクター・スカーペッタ？　少しお話をうかがえませんか……」

「あとにしろ！」マリーノが怒鳴ると同時に雷鳴が轟き、不穏な雲が垂れこめた空が輝いた。

「速報はご存じですよね？」デイナは激しい雨に負けない声で食い下がる。私は不意打ちのような質問を予期して身がまえた。「チルトン判事の妹さんが、不審な状況で遺体で発見されたそうですね。ＣＩＡ報道官のレイチェル・スタンウィックです……」

話すことは何もない。それに、レイチェルと親しかった人たちがこのような形でその死を知ることになるのはいたたまれなかった。思わずぎくりとするほどすぐ近くで稲妻《ひらめ》が閃き、雷鳴が空気を切り裂くなか、私は逃げるように歩き続ける。

「……他殺が疑われているそうですが、事実でしょうか……？」

　革のパンプスを履いた右足がふいにぐらついて、私はそれに気を取られた。

「……個人的にもショックを受けていらっしゃるのでは？　信頼できる情報筋から、あなたとチルトン判事はかつてルームメートで、いまも親しい友人だと聞きました……」

　デイナ率いる撮影クルーが歩道沿いにしつこく追ってきて、デイナの取り巻きの傘が私の目に当たりそうになった。マリーノはすぐ前にいるが、ずぶ濡れになりながら怒りを燃やす以外、できることはない。

「……これからチルトン農園に向かうところですか……」デイナの声が、凧《たこ》の尾のように私を追いかけてくる。

　右足とぐらつき始めた靴をかばいながら、私はぎこちない足取りで歩き続ける。カメラ写りは最悪だろう。ブリーフケースで顔を隠すようにしながら歩道を逃げていく姿が、そもそも見栄えが悪い。灰色のリネン地のスカートスーツと白いシルクのブラウスはびしょ濡れで、シュリンク包装のように肌に張りついている。それだって全国のテレビ画面に映し出されたくはない。

「……ドクター・スカーペッタ？　チルトン判事は自らを不適格とすると思われます

か。ギルバート・フック裁判は審理無効になりそうでしょうか。その場合、今後どのような……？」

デイナと撮影クルーはどこまでも追ってくる。でも、よかった、マリーノのピックアップトラックはもうすぐそこだ。マリーノがリモコンでロックを解除する。激しい雨を透かしてライトが点滅するのが見えた。マリーノが先に走りだしたところで、ぐらついていた私の右のヒールが完全にもげた。

「もう……！」私はよろけて転びそうになりながら小声で悪態をついた。「こんなときに！」

だめになったパンプスを左右とも脱ぎ捨てた。まるで逃亡者や頭のおかしな人のように見えるだろう。水たまりを蹴り、花びらが散ってすべりやすくなった煉瓦《れんが》の歩道をストッキングの足で走る。大粒の雨が頭を叩き、痛めた右足首がうずく。

「行きましょう！」私は雨音にかき消されないよう声を張り上げ、マリーノが助手席のドアを開ける。スイミングプールに落ちたとしても、ここまでずぶ濡れにはならないだろう。

「なんで？」マリーノは私の汚れた足と伝線したストッキングを見つめた。「靴はどうした？」

「いいから！」私は助手席に乗りこんだ。

マリーノは大急ぎで運転席側に回り、車に乗りこんだ。二人の服から水滴が垂れ、まだ新品の香りをさせているレザーシートが濡れた。雨粒がルーフを叩く音がやかましい。マリーノがエンジンをかけ、エンジンの野太い音が空《す》きっ腹《ぱら》に響く。緊急車両のサイレンが遠くから近づいてくる。チルトン農園に向かっているのかもしれない。アニーが暮らしている地所には、裁判所があるコートハウス・スクウェアから、渋滞がなければ三十分ほどで行ける。だが、この状況を考えると——しかも仮に私が一人で車を運転して行くとしたら——一時間以上かかるだろう。幸いにも今日は、私が通勤に使っているヴァージニア州章がついたスバルの公用車ではなく、マリーノの車で来ている。公用車で交通違反をするわけにはいかないが、マリーノのワル仕様のピックアップトラックなら、それよりは選択肢が広い。

報酬ゼロの民間請負業者であるマリーノには、検屍局での職務を果たすに際して制約が少ない。中央分離帯や私有地、自転車レーン、歩行者専用レーンといった通行上の〝障害〟も、マリーノにはないも同然だ。スピード違反も信号無視も平気でするし、禁止区間でUターンをしたり、後付けの小型グリルライトや回転灯を閃かせたりもする。いざ緊急事態となれば、死者も目を覚ましそうな大音量の取り外し可能なサイレンのスイッチだって入れる。

もう警察官ではないのに、法医学運用スペシャリストのバッジをためらいなく相手の鼻先につきつけ、自慢げにベルトに下げて歩く。訊かれてもいない持説を開陳し、他人に指図する。マリーノとは違って私は、規則や法律に違反したほうが話が早い場合であってもそれは許されない。地位の乱用と受け止められないよう、つねに気をつけていなくてはならない。ただ、いまは一刻を争ってどこかへ駆けつけなくてはならないというわけではなく、さすがのマリーノにも、この状況を打開するために打てる手は少ないはずだ。

前後の駐車車両がぎりぎりまで迫っていて、前にはほんの数十センチしか動けない。後方のゆとりはさらに少なく、右側は駐車メーターと歩道にふさがれている。左に車を出して、車線に合流するしかない。それもほかの車が前を譲ってくれればの話で、困っている人に手を差し伸べる〝よきサマリア人〟はめったに見つかるものではなく、善良な市民すら数少ない。〝すべて人にせられんと思うことは人にもまたそのごとくせよ〟という黄金律は忘れられている。どの車のドライバーもこちらを見もしなかった。みな自分のことしか考えていない。

「これじゃあ車を出すだけで大仕事になりそうね」私は殺気立った通りを見回した。

無数のまぶしいヘッドライトと大馬力エンジンの轟音、運転席で敵意を発散しているドライバー。

「おい、頼むよ！　誰か一人くらい譲ってくれたっていいだろう！」マリーノはクラクションを鳴らした。「みんなどうかしてるぞ……」

「現場であれどこであれ、この分じゃ永遠に着けないわ」車のすぐ前で霧が渦を巻き、私たちのヘッドライトやフォグランプの光を跳ね返している。

通りは車と歩行者であふれている。木曜の夕方とあって、出歩いている大半は若い世代だ。こんな天気でも、レストランやバー、商店はどこもにぎわっている。連休の週末が早くも始まったかのようだった。観光シーズンの最盛期のハッピーアワーとちょうどぶつかり、キング・ストリートに車を出そうとしてもやはり誰も譲ってくれず、マリーノは悪態を連発した。

私は防水加工のブリーフケースからティッシュとリップクリームを取り出した。シャノン・パークから渡されたピンク色の封筒はまったく濡れておらず、資料のファイルやほかのものもすべて無事だった。ルーシーのおかげだ。つねに最新の装備をそろえてくれる。私がどこへ行くにも持っているこのショルダーストラップつきの黒いブリーフケースは、見かけはごくふつうだが、レザー風の外装は超高分子量ポリエチレンでできている。

そこに導電性のある微細な同繊維が織り入れられていて、肉眼では見えないセンサーが埋めこまれている。折り紙を開くように一枚に広げれば、銃弾や刃物、有害な放射線から身を守る盾になる。羽のように軽いケブラー素材のしなやかなパネルで守られた隠しポケットがいくつかついていて、とっさに品物を取り出しやすいポケットにいま入っているのは、携帯電話だけだった。私はまた携帯電話を取り出す。

「車にタオルを常備すると便利だと思うのよ、マリーノ。まじめな話」夕立に遭うたびに私は同じアドバイスを繰り返している。「格好悪いからって傘をいやがるなら、なおさら。こうやってずぶ濡れになるのだって格好悪いもの」

足もとに水たまりができかけている。エアコンがきいてきたら、体が冷えてしまいそうだ。

「そうでなくたって他人の都合で積んでるものが多すぎるんだよ」〝他人〟とはドロシーのことだ。「ついこのあいだは、消火器とミニ冷蔵庫がなくちゃいけないって言われたし、その前は何とかって高級ブランドの工具セットだった。そんなもの使いやしないのに」

そうやって言い訳を並べながら、マリーノは左右のシートの下側を手探りした。私はせまいスペースで脚をこっちへ縮めたりあっちへ寄せたりした。ワイパーがざっざっと動いてフロントガラスの水滴を払いのける。雨脚は弱まっていた。雷雲はすでに遠ざかろうとしている。ヴァージニアの蒸し暑い夏の嵐は、いつだって駆け足だ。

「ほら、タオル代わりに使えよ」マリーノは青いペーパータオルを一巻き差し出した。ロールごとつぶれていて、残りはあと十枚くらいしかない。

私の妹がマリーノのために買った高級車のタイヤや内装をアーマーオールで磨いたり、カーボンファイバーやウィンドウガラスを掃除したりするのに使う厚手のペーパータオルだ。有名なグラフィックノベル作家でネットインフルエンサーのドロシーは夫のマリーノを過剰に甘やかし、マリーノがほしがるものを何でも買ってやり、ほしがらないものも山ほど買い与える。私は二人分のペーパータオルを破り取り、濡れた髪に指を通した。

バイザー裏の鏡をのぞき、目もとのメークを拭い落とした。リップクリームを塗る。顔色は、ドロシーのお気に入りの表現を借りるなら、蘇《よみがえ》った死人のようだ。スカートをぎりぎりまでたくし上げ、伝線したストッキングを脱ぐ。シフトノブにぶら下がっている赤いバイオハザード廃棄袋にストッキングと汚れたティッシュを入れた。

「おっと」マリーノは、数台先に駐まったチャンネル5のバンをにらみつけた。「それだけは勘弁してほしかったんだけどな」

デイナ・ディレッティと番組プロデューサーが急いでバンに乗りこむのが見えた。スライド式のドアが閉まる。ウィンカーが点滅を始め、フロントタイヤが左に向きを変えた。マリーノが濡れたペーパータオルを私に差し出す。彼の敵意と嫌悪感が伝わってきた。

「俺たちより先に現場に着きたいらしいな」マリーノが言った。「俺たちが到着するところから撮影したいんだろう」

マリーノは大型車の威圧感を借りて強引に車線に割りこもうとしたが、誰も譲らない。私のスマートリングがまた震えて、アシスタントのマギーからまた電話がかかってきていることを伝えた。いますぐ応答する気はない。

「ありがとよ！」マリーノは頭から湯気を立て、口汚く罵《ののし》りながら、なおも割りこもうとするが、やはり誰一人譲ってくれない。「なんだよケチくせえな！　このバカどもが！」

そうやって罵りの言葉をひとしきり吐いたあと、マリーノはウィンドウを下ろし、タトゥーの入った太い腕を霧雨《きりさめ》のなかに突き出すと、ほかのドライバーに向けて怒鳴り始めた。何人かが怒鳴り返し、卑猥なしぐさをこちらに向けた。路上で喧嘩になるのではと、私ははらはらした。

「何をそんなに急いでるんだよ？」マリーノは全員に向かって――そして誰にともなく――わめいた。目はぎらつき、首筋に血管が浮く。「髪の毛に火でもついたか？緊急車両を見たことがねえって？いいだろう、見せてやろうじゃねえか！」

マリーノは緑と白の回転灯のスイッチを入れた。合法なのかどうかは怪しい。せわしなく点滅する光を見ていると、めまいがしそうだ。

「耳をふさいどけ、先生！」

そう言ってホルダーから携帯型のサイレンを取る。私は両手で耳をふさいだ。

「行くぞ！」

甲高いサイレン音とともに強引に車線に割りこむ。一斉にクラクションが鳴り、私たちは不協和音に包囲された。チャンネル5のバンの脇を通り過ぎると、バンは便乗して私たちの後ろに割りこみ、あやうく事故になりかけた。

「くそ！」のろのろと車を進めながらマリーノが叫ぶ。ボリュームを低くした警察無線機のランプがあわただしく点滅している。「つきあってらんねえ！」

マリーノはミラーをにらみつけ、回転灯をオフにした。雨が吹きこんでくるウィンドウを上げる。ぐっしょり濡れたTシャツの袖《そで》でもどかしげに目もとを拭っている。私はティッシュを数枚差し出した。マリーノは顔の水気を拭い、次に剃り上げた頭を拭った。私は行った先で待っているであろう事態を説明した。

「レイチェル・スタンウィックはＣＩＡの職員だった。工作員ではなくても、現場は大騒ぎになってるに決まっている」そう説明する。「現場での処理に関して、私はほとんど口を出せないと思う。状況にもよるけれど、いつものような采配はできない。レイチェルがどんな仕事をしていたか、最後まで明かされないかもしれない。それを言ったら、どうやって亡くなったのか、なぜなのか、何一つわからないままになるかも」

「あんたはレイチェルにどんな印象を持ってた？」マリーノはレイバンのミラー加工の眼鏡をかけた。レンズは霧の日に視認性を高める琥珀色《こはくいろ》をしている。

「よく知っていたわけじゃないのよ」私はそう繰り返す。「アニーと私がジョージタウン大学のロースクールに通ってたころ、ときどき週末をチルトン農園で過ごすことはあった。でも、レイチェルはいつもいなかった。実家を嫌っていたのよ。アニーの人生の節目にもほとんど顔を合わせたことがなかったし」

「レイチェルは何かと周囲の神経を逆なでするタイプだったみたいだな。他殺だとしたら、それが重要な意味を持ってくるかもしれない」

「そうね、人を怒らせるのはお手のものだったでしょうね」私は答える。「セント・アサフ・ストリートにルーシーとお酒を買いに行ったとき、ばったりレイチェルに会ったことがある。レイチェルの行きつけのお店だったみたい」

ギルバート・フック裁判が始まる数週間前のことで、オールド・タウンの様子はいまと比べればまだふつうだった。喧嘩腰のよそ者が居座ってはいなかったし、国内外のテレビの取材班やジャーナリストが集まってきてもいなかった。ふだんどおり出歩いても危険はなかった。だからルーシーと私はマウントヴァーノン・トレイルにサイクリングに出かけた。

トレイルをたどってグラヴェリー岬まで行った。岬からはロナルド・レーガン・ワシントン・ナショナル空港を発着する飛行機が見え、航空機好きが集まるポイントになっている。そこからの帰り道、夜はファヒータとマルガリータを楽しもうという話になって、テキーラを買いに酒店に寄った。買ったものをバックパックにしまっているところに、レイチェルが入ってきた。

体のラインを強調するようなドルチェ&ガッバーナのミッドナイトブルーのスカー

トスーツを着て、ベゼルにダイヤモンドがあしらわれた金無垢《きんむく》のロレックスの腕時計をしていた。サングラスと大きなバッグにはこれ見よがしなシャネルのロゴがあった。顔を見た瞬間、泣いていたのだとわかった。別居中の夫の〝肉食獣みたいな弁護士の群れ〟に朝からずっと吊るし上げられていたのだとレイチェルは言った。**傲慢な連中よ。女嫌いのごますり集団。ランスはきっと、私を完全に叩きつぶそうとする。**レイチェルはそう言った。いまその言葉を口に出してみると、不吉なことに思えた。**私がストレスで死ねばいいと思ってるのよ。それ以上に喜ばしいことはないと思ってる。**

「誰に聞かれていようがかまわねえってわけか」マリーノが言う。ワイパーが間欠モードでガラスの雨滴を払っている。「ふだんから他人がいるところで平気で誰かをこき下ろしたんだろうな。ＣＩＡで働いてたら、ふつうはうっかりしたことを言わないように気をつけるだろうに」

「元ジャーナリストなのよ。思ったことをそのまま口に出すタイプって印象だった。言いすぎることもあったし、相手にどう思われようとあまり気にしていない感じ」

マリーノは私の前に手を伸ばし、グローブボックスの鍵を開けた。ガンクラフター・インダストリーズのＭ１９１１系一〇ミリ口径銃を取り出す。ボディはマットグレーで、トリジコンの光学照準器がついたカスタム仕様だ。ダーティハリーが持っていそうな、銃口を向けられただけで心臓発作を起こしそうな大型拳銃で、入っているのはバッファロー・ボアの二〇〇グレインの弾だ。即座に発射できる状態にしたうえで、誤射を防ぐためサムセーフティをかけてある。その拳銃と予備のマガジンを私たちのあいだのコンソールに置く。

マリーノはすぐ手に取れる位置に二つを置き直した。私は携帯電話の懐中電灯アプリを起動した。痛めた足首を照らして具合を見る。触っただけで痛かった。鮮やかな赤い痣《あざ》が黒みを帯び始めている。足首の写真を撮った。マリーノはしきりにミラーをのぞきながらうんざりしたような溜《た》め息《いき》をついている。まだほんの数ブロックしか進んでいなかった。

左手にドラッグストアのCVSが見えている。ルーシーの行きつけの自転車店とベントンのお気に入りのインド料理店のすぐ先だ。信号のライトや大粒の雨が車のウィンドウの向こうの景色を揺らがせていた。マリーノの車の威圧感のあるグリルガードはすぐ前のスポーツカーにぎりぎりまで迫っていて、警告音が何度もやかましく鳴っていた。

いつ何時どこで事故や喧嘩が起きてもおかしくない。仕事帰りのドライバーはみな気が立って理性を失っている。マリーノと私は、午後の大半を法廷で缶詰になっていた。その前は解剖室にいた。携帯電話が手もとにあった時間はごくわずかだ。二人とも、死が充満したバブルに朝からずっと閉じこめられていた。私たちが知らないだけで、そのあいだも世の中ではいろんなことが起きていただろう。

「ここまでひどい渋滞は見たことがない。ほかにも何か重大事件が起きたのよ。そうとしか思えない」私は携帯電話の緊急アラートや交通情報アプリのチェックを始めた。「大きな事故か、近隣で自然災害でも起きたか。ラッシュアワーというだけじゃないわ。連休前のゲリラ豪雨だけじゃない」

「だな」マリーノが言った。「見ろよ、時速十キロだぜ。みんな世界の終わりみたいにかりかりしてる」

混乱の原因はすぐにわかった。アメリカ合衆国大統領だ。大統領は今日の昼過ぎにオールド・タウンを訪問した。そのときにセキュリティ上の問題が何か発生したらしい。差し迫った危険があると判明して、大統領専用車のルートは変更された。それに伴い、キング・ストリートとジョージ・ワシントン記念パークウェイの通行止め時間が延長になった。

ベントンとルーシーからいっさい連絡が来ていないのは当然だ。大統領に危険があると断定された時点で、シークレットサービスの全人員が召集される。私の夫ベントンも呼び出されたはずだ。もしかしたらルーシーも。ベントンは、シークレットサービス最上級の脅威アナリスト兼犯罪心理プロファイラーだ。そしてルーシーは〝技術領域エキスパート〟で、その呼称は意図的に曖昧《あいまい》なものにされている。

「ウッドロウ・ウィルソン記念橋は両方向とも当面のあいだ通行止め」私は画面を確かめながらマリーノに伝えた。

「セキュリティ上の問題って？　詳しいことは書いてないか？」マリーノが尋ね、私はニュース記事をはじめとする情報をスクロールした。

7

「大統領は午後二時三十分からアイヴィ・ヒル墓地で行われる葬儀に出席する予定だったけれど、途中で引き返したって」私は最新ニュースの検索を続けたが、ほとんど何も見つからなかった。「車列はホワイトハウスに戻った。それ以降の情報は、各政府機関の公式サイトにもない」

「極秘の何かがあるってことだな」

「そうね、それを深刻な脅威と受け止めているってこと」

「ＦＢＩはアレクサンドリアを封鎖したんだろう。いや、ワシントンＤＣ一帯かもな。容疑者がひそんでるんだよ。複数いるのかもしれない」マリーノは両手でハンドルを握り締めている。前方には霧にぼんやりと浮かぶ赤いテールランプの列がどこまでも延びていた。

「困ったことに、レイチェル・スタンウィックの〝疑わしく、かつショッキングな〟死は、もうあちこちの速報サイトで報じられている」車はひどい渋滞のなかをじりじりと進む。私は検索して出てきた情報をマリーノに伝える。「〝風変わりな上級国民チルトン姉妹〟――ニュースサイトはそう呼んでいる――をめぐって陰謀論が広まりかけているみたい」

アニーの住所は公開されている。ギルバート・フック裁判で裁判長を務めたアニーの消極的な態度についてさまざまな風評が流れ始めていた。ボーズ・フラグラーに過度に甘く、サル・ギャロには厳しいと非難されている。いまだ独身で、十八世紀築の幽霊屋敷じみた実家で世捨て人のように暮らしている理由が面白おかしく書き立てられていた。

「プライバシーなんてないも同然ね」私はマリーノに言った。「今回のことは関係者全員に最悪の影響を及ぼしそう。判事となればとりわけ危険だわ。しかもアニーの家のセキュリティは手薄もいいところなの。行ってみればあなたにもわかると思うけれど」

マリーノはチルトン農園に行ったことがない。状況を目の当たりにしたら眉《まゆ》を吊り上げるだろう。幽霊は出るのかもしれないし、出ないのかもしれない。幽霊屋敷なのかどうかは私には何とも言えないが、奇妙な物音はたしかに何度も聞いたことがあった。異様な影を見たこともあるし、鏡の前を通ったとき、不可解なものが映りこんでいるのが視野をかすめたこともある。私にはっきり言えるのは、伸び放題の草木に覆われた地所はハエやダニや蚊など人間にとっては迷惑な虫の楽園になっていることくらいだ。

アニーは殺虫剤反対派だった。ガーリックスプレーのような天然の殺虫剤も許さない。地所内に屋外照明はないも同然だ。私のそんな説明を聞きながら、マリーノは拳銃に手を伸ばし、予備のマガジンと一緒に膝に置いた。

「しっかりつかまっとけよ、先生！」マリーノの目は忙しく飛び回っている。顎の筋肉が盛り上がっていた。

左手の霧の奥に煉瓦の壁が見えていた。その先に、オールド・タウンをのんびり散歩しても安全だったころにベントンと歩いた細い道の入口がある。

「行くぞ！」マリーノが叫ぶ。

それを合図に私はアームレストを握り締め、頭をシートに押しつけた。そうしておかないと、マリーノのＮＡＳＣＡＲレースばりの荒っぽい運転に耐えきれず、ウィンドウに頭をぶつけたり、首が鞭打ち《むちう》になったりしかねない。マリーノがアクセルを全開にし、急ハンドルを切った。タイヤが鳴き、エンジンが轟音を立てた。車は唐突に左方向に曲がって、私は体ごとドアに押しつけられた。

「じゃじゃーん！　飛ばすぜ！」マリーノは左右のサイドミラーをたたんだ。

大型ピックアップトラックは、本来は歩行者や馬車のために造られた曲がりくねった細い道をすり抜けた。

「この先の左側に、石の柱がはみ出しているところがある。気をつけて」私は霧の奥を指さした。

「さすがにここまでは誰もついてこないだろう」

マリーノは満足げに言い、車は路面の凹凸を拾って跳ねながら進んだ。水たまりや濡れた敷石《しきいし》がフォグランプの光を跳ね返す。ウィンドウを開けて手を伸ばしたら、古い壮麗な邸宅の裏の塀やゲートに触れられそうだ。十センチ先に常緑の老木の枝やセイヨウツゲの生け垣がある。

「悪いな、乗り心地は最悪の部類だ」マリーノが一瞬だけこちらに顔を向けた。ミラー加工の眼鏡に映った私は歪《ゆが》んでいる。「けど、この先死ぬまでキング・ストリートにはまってるよりましだろ」

シートの上で体の向きを変え、私はデイナ・ディレッティや取材クルーの車を捜した。背後の霧に覆われた路地は無人だった。テレビ局のロゴが入った白いバンは影も形もなかった。

「チャンネル5もほかの人たちも振り切ったみたい」私は言った。「当然と言えば当然よね。この道は車両進入禁止のはずだから。原動機がついた乗り物、ゴルフカートより大きな車両は入れない」

「一服したい気分だよな」マリーノは灰皿を引き開けた。「あんたも、俺も」

マリーノは自分の最盛期を思い出させるレトロなチューインガムの在庫を引っかき回した。ティーベリーやジューシーフルーツ、バズーカ、ダブルバブルの昔懐かしい香りが漂い、父が経営していた食料品店を手伝っていた子供時代の記憶が鮮明に蘇った。

「ありがとう」私はマリーノが差し出したリグレーのスペアミント味のガムを受け取った。マリーノも私も、煙草《たばこ》の誘惑を断ち切れていない元ヘビースモーカーだ。

マリーノは三枚をひとまとめに丸めて口に押しこんだ。車内にミントの甘くてさわやかな香りが広がった。車はせまい路地を右に左にたどり、錬鉄のフェンスや住宅の外壁が背後へと飛び去っていく。私は携帯電話の画面をスクロールして新着メッセージを確かめた。

「ルーシーはどこで何をしてるんだろうな。何か聞いてるか？」マリーノがさりげない調子で訊く。ルーシーとの関係が希薄になりかけていないと意に介していないかのようだ。

「今朝、あなたが迎えに来る前に一緒にコーヒーを飲んだけど、とくに何も言っていなかった」私は答える。「でも、自転車用のウェアを着てバックパックを持っていたから、どこかへ行く予定はあったはず」

「家に引きこもって、本物の人間としゃべるみたいに、朝から晩までアバターとしゃべってるよりはましか」マリーノは不機嫌そうに言った。

「そんな言い方しなくても。そもそもその認識は間違っているし」

「いま以上に変になってもらいたくねえってだけの話だよ、先生。エクストリームスポーツの選手でもあるまいに、何やら飾り立てた自転車で走り回って、無線信号だの、オカルトじみた怪しげなものを追っかけるみたいな、さ」

マリーノはルーシーの時間の使い方を心配しているわけではない。ルーシーだけが法執行機関の正規職員に復帰したことが気に入らないだけだ。誰かを逮捕して留置場に放りこむ権限が自分にはないのに、ルーシーにはある。ルーシーの母親ドロシーと結婚した時点でルーシーとマリーノの関係はずいぶん冷えていたが、それに加えて立場に差がついたことをマリーノは苦々しく思っているのだ。

新築の一戸建てやテラスハウスが並んだサウス・ロイヤル・ストリートに入ると、

車の流れはいくらかスムーズになった。玄関先で国旗が翻っている住宅が多い。下見張りの壁に取りつけられたブロンズの史跡案内板は、たとえ自分が所有する不動産であっても、歴史的建造物保存委員会の許可がなければほとんど手を加えられないことを示している。

遠ざかっていく雲の奥から沈みかけの太陽の光がちらちらと射《さ》している。大渋滞から解放された車は、ポトマック川沿いの民家の少ない一角に向かっている。アニーとレイチェルのチルトン姉妹はここで子供時代を過ごした。もやは西日に追い払われ、路面から湯気が立ち上っている。地平線は燃えるような黄金色に輝いていた。私は新着メッセージをふたたびチェックし、ファビアン・エティエンヌにまた一通メッセージを送った。

「白骨化するまで渋滞にはまっていたくなけりゃ、キング・ストリートには突っこんでいくなって教えてやれよ」マリーノが言った。

「返事一つよこす気がないらしい人に何を言っても無駄よ」返信がないことに、私はそろそろうんざりしかけていた。

「あいつが夢見てたとおりの事件だからな。マスコミが現場に群がるような大事件。そこに自分が死神よろしく登場する。あいつのことだ、ここ半時間は鏡の前に陣取って、目に化粧をしたり、爪にやすりをかけ直したりするのに忙しいんだろうよ」

「ファビアンはふだんからすぐには返事をくれない人なの。自分に都合がいいときは別として」何が不満と言って、検屍局の法医学調査官ファビアン・エティエンヌは、見た目どおりの人物ではないことだ。

服の趣味が問題なのではなかった。ファビアンがTシャツやコーヒーマグに印刷してネット販売している、お気に入りの常套句《じょうとうく》〈検屍局の一日は、あなたの一日が終わったとき始まる〉に文句を言いたいのでもない。問題は、私にはファビアンを管理できないことだ。私が検屍局長に就任した当初からそうだったが、一年後のいまはもう、完全にお手上げ状態になっている。

つい昨日も、元医療助手で、法医学調査官になるのがずっと夢だったというファビアンに、思いがけない場所で遭遇した。私は何時間もファビアンを捜し回ったあと、エレベーターで地下の解剖学部門に下りてみた。

地下には携帯電話の電波がほとんど届かない。連絡がつかなかったのはそのせいだとファビアンは言い訳した。私が行ったとき、ファビアンは、献体されたばかりの遺体の大腿《だいたい》動脈にホルムアルデヒドを注入していた。誰もいないのをいいことに、エンバーミング処理をしていたのだ。

「その現場に遭遇したのはもう三度目なのよ」私はマリーノに言った。「実際の回数はもっとずっと多いのかもしれない。ファビアンは、私の指示には――それを言ったら検屍局の誰の指示であれ、従わないと決めている。しかもそう決めているのはファビアンだけではなさそう」

私は渋滞の件を伝えようと、また新しいメッセージをファビアンに送った。現場に向かうよう指示し、前に送ったメッセージを受け取れていればいいけれどと付け加えた。余分の個人防護具と、私のスクラブと医療用サンダルもついでに持ってきてほしいことも書き添えた。本当は私服を持ってきてもらいたいところだが、ファビアンに私のオフィスをあさられたくない。アシスタントのマギーにでさえ、私物に手を触れてもらいたくない。

「くそ、つきあってられねえよ」マリーノは周囲の車に視線を巡らせた。

車をほんのわずかに前に進める。また迂回《うかい》ルートに飛びこもうとしているのだとわかった。

「つかまってな、先生！」

マリーノは、緊急走行を装って身勝手な運転をする警察官のように、グリルライトのスイッチを入れた。アクセルペダルをぐいと踏みこみ、急ハンドルを切って、またもや脇道に飛びこむ。私はブリーフケースを手で押さえ、アームレストを握り締めた。

「あの女に関しては何か手を打ったほうがいい」マリーノは言った。マギーのことだ。「いまのうちにな。もう手遅れかもしれねえけど」

「州の職員を解雇するのは簡単じゃないのよ。彼女みたいに、何十年も誰かの庇護を受けてるような職員ならなおさら。仮に彼女を解雇しようとしたら、全面戦争になってしまうわ。私たちは勝てない。エルヴィンの配下《イン・ポケット》なんだから」

「ポケットっていうより、パンツのなかだな」

「男女の関係にあるとしても、証明はできない」

「決定的な証拠が必要だな。たとえば、マスコミに極秘情報をリークしてるとかさ。リークしてるのがあの女なのは間違いねえよ。デイナ・ディレッティみたいな奴らに情報を渡す見返りは何なんだろうな。検屍局の情報はただ漏れもいいところだぜ」

「だけど、決定権を握っているのは誰だと思う?」私は訊き返す。この議論ならいやというほどしてきている。「州民の健康に関係するあらゆる事項について、決定権を持つのはエルヴィンよ。それには人の死も含まれる。私はエルヴィンの監督下にあるのよ」考えただけで不愉快になる。マリーノは納得できないと思っている。「エルヴインは全権力を握っていて、自分に好都合な体制を築き上げている。毎日が楽しくてしかたがないでしょうね」

私の前の検屍局長エルヴィン・レディは、他人を決して許さず、恨みを忘れない人間だ。監察医の研修中に不適格の烙印《らくいん》を押した私に対する報復はこの先もずっと続くだろう。もう数十年も前の話、この〝女人禁制のクラブ〟に私が加わった当時の話だ。ヴァージニア州初の女性検屍局長に任命されたばかりだった私は、〝害をなすことなかれ〟という医師の鉄則を決してゆるがせにすまいと心に誓っていた。人の死に政治を持ちこんではならない。私欲のために利用したり、矮小化《わいしょうか》したりすることがあってはならない。

私はエルヴィンを指導することを拒み、推薦状一つ書かなかった。いまでも同じようにするだろう。昨年、エルヴィンの後任として局長に就くと決まった時点で、私は検屍局の実情を知らされていなかった。アシスタントのマギーはエルヴィンと一緒に局を辞めるわけではないとわかったのは、引っ越しをすませたあとだった。私はマギーまで引き継ぐ羽目になった。その後、エルヴィンは州の保健局長官に任命された。マリーノに言わせれば、私はまんまと罠《わな》にはめられたのだ。

車は左右に揺れながらまたしてもせまい路地を疾走し、私はふたたびアームレストを握り締めた。川はもう数ブロック先だ。雲の合間から陽光が射し、聖マリア・バシリカ教会の尖塔《せんとう》の上空にきれいな虹がかかった。パンデミック以来、教会には一度も行っていない。正直に打ち明ければ、その前からあれこれ口実をつけて一度も行っていなかった。

「マギーがどう申し開きをするか、本人の口から聞いてみましょうよ。今回はどんな毒入りシチューを煮こんでいたのか」私はマギーの携帯番号に電話をかけた。呼び出し音が鳴りだす前にマギーが応答した。

「ようやく連絡をもらえましたか」ピックアップトラックのスピーカーから、マギーのぞんざいな声が聞こえた。

「手がふさがってたの。わかっているくせに」私は応じた。

「州保健局長官が話したいとおっしゃっているってメッセージを残しておいたんですけどね」英国風のアクセントは洗練されて聞こえるが、言葉選びはぶしつけだ。

背景に聞こえている音から察するに、マギーはすでに退勤して、いまは飼い犬の散歩中のようだ。マギーはちょっと待ってくださいと言った。エマという名のコーギー犬の排泄物《はいせつぶつ》を拾っているようだ。マリーノがこちらを一瞥し、いまいましげに首を振る。まもなくマギーが電話口に戻ってきて、勤務時間中に連絡がつかないと困るのだと言った。

「いつものことですけどね、どこに連絡してもつながらない。どうせ私設の調査スペシャリストとやらの燃費の悪いトラックでその辺をうろうろしているんだろうと思っていましたよ」マギーの怒りが有毒ガスのように伝わってきた。「経費として上げてくるガソリン代の高さといったら、一度きちんと話し合うべき……」

「私がどこで何をしていたか、ちゃんと知っていたはずよ」こちらも気遣いなどしない。最低限の礼儀を守る気さえなかった。「一触即発の法廷からついさきようやく解放されたばかりで、ほかの用事に対応する暇も——」

「ええ、あなたには休暇が必要なんでしょう。面倒なことはみんな他人に押しつけて」すかさずそうさえぎられて、マギーが誰と話をしていたか察しがついた。「今日はとりわけ……そうね、〝嘆かわしい〟という表現がぴったりの一日でした」

「何が言いたいの、マギー？」

「ドクター・レディにはまだ電話していないんですね」

「何の件で？」

「さっさと折り返しの電話をくれていたら、用件を伝えられたのに」マギーの話しぶりを聞いていたら、マギーのほうが上司かと勘違いしそうだ。「どのみち、いまからでは長官には連絡がつきませんよ」

エルヴィンとしては、マリーノのマスコミ対応のまずさや、靴も履かずにコートハウス・スクウェアの歩道を逃げるように走り抜けた私に、言いたいことが山ほどあるに違いない。ストーカーじみた執着心の持ち主にとって、敵対する人物の衆人環視のもとでの失敗や誤り、不運は、天からの贈り物だ。

「ドクター・レディは、今夜は州知事公邸の食事会に招かれています。それでもぎりぎりまで待っていらしたんですよ。あなたはそのせっかくのチャンスを逃してしまったんですね」マギーの傲慢な声が車内に反響する。

「そこまでの急ぎの用事って何？」怒りで頭と体が熱くなる。「マリーノと私はいま重大事件の現場に向かってるところなの。それよりも優先しなくちゃいけない用件っていったい――」

「残念ながら、あなたがカメラの前で見せた醜態はあらゆるメディアに取り上げられています」マギーは今度もまた私の質問をさえぎった。「あなたの調査パートナーの態度にも、ドクター・レディをはじめみなさんが眉をひそめています。あの人の居丈高で相手を脅すような態度はいかがなものかと――」

「くそ、あんた、いったい何様のつもりなんだよ！」できるかぎり乱暴な言葉でさえぎらなくてはいけないとでもいうように、マリーノが言った。

「そういう言葉遣いを指摘しているんです」たしなめるようなその声を聞いて、私はマギーの整ってはいるが尊大で、刃物のように鋭い顔を思い浮かべた。甘やかされた犬を連れてオールド・タウンのよそ者を拒むような高級コンドミニアム街を歩くマギーがその顔に浮かべている、独りよがりの満足げな笑みが見えるようだ。市警のブレイズ・フルーグ刑事から検屍局に連絡があったのと前後して、チャンネル5もレイチェル・スタンウィックの死亡を把握していたようだと私は話した。

「最初に緊急ニュースを伝えたのは今回もデイナ・ディレッティだし、裁判所前で私を待ちかまえていたのよ」私が誰のどんな行為を非難しているか、マギーにもはっきり伝わっているだろう。「このところ似たようなことが多すぎるわ。頻度も上がっている」

「それもドクター・レディが心配されている問題のうちの一つです」マギーは言った。「ですが、いまそれよりはるかに問題なのは、あなたの公益と私益の衝突でしょうに」

レイチェル・スタンウィックは、海外でも報道されるような注目度の高い裁判の関係者の一人と言える。その裁判の裁判長を務めている判事が姉なのだから。そしてアニー・チルトンと私は古い友人だ。マギーは公益と私益の衝突が懸念される理由を次々と挙げた。

「ネット時代のいま、隠しごとは不可能だということはあなたもよくご存じのはず」マギーの口調に陰湿な敵意がにじむ。まるで相手を威嚇するヘビだ。「州保健局長官としても、学生時代のあなたと判事が、あなたにはとうてい手の届かない高級物件で同居していた事実に目をつぶるわけにはいかないでしょうね」

8

マギーによると、チャンネル5はアニーと私の過去を探り、ありとあらゆる興味深い情報を集めているという。それには私たちがジョージタウン大学ロースクール時代に共同で借りていた、寝室が二つとパティオのあるタウンハウスの情報も含まれていた。フォーシーズンズ・ホテルのすぐ近くだったそうですねとマギーは言った。それは事実だ。

私は月一ドルの家賃をアニーに渡していた。マギーはなぜそんなことまで知っているのだろう。私はそれを認めるつもりも否定するつもりもない。車のスピーカーから聞こえてくるマギーの見解や思いこみに近い憶測を聞いていると、またもや証言台に立たされているような気分になった。アニーが私との共同生活を楽しんでいたこと、そこから恩恵を受けていたこと、互いの存在がありがたかったことをマギーに明かそうとは思わなかった。

料理や庭の手入れ、洗濯など教わったことのない家事、できるかぎり自分ではやりたくない家事を引き受けるルームメートに恵まれたことをアニーは喜んでいたし、私のほうは、自分の世界とそこに住むほかの誰かの世話をすることに楽しみを見出《みいだ》していた。アニーのDNAにはそういった素質が始めから組みこまれていないようだった。誠実さと良識がそれを十分以上に埋め合わせていた。

「チルトン判事の地所にはほかの監察医の誰かが行くべきなのは火を見るより明らかでしょう」マギーは最後にそう言った。差し出がましいにもほどがある。「あなたがチルトン農園に近づいてはいけない理由が多すぎますからね」

「あなたが決めることじゃないわよね」私は脈が速くなるのを感じた。マギーは私の頭に血を上らせることができる数少ない相手の一人だ。

「州保健局長官が決める場面はありますよ。長官は、あなたに即座に引き返してもらいたいとお考えです。現場に行かないこと。これは命令です、ドクター・スカーペッタ」マギーはお上品なロンドン風のアクセントで淡々とそう言ってのけた。

私はおとなしく家に帰り、独立記念日の週末を家族と祝うといい。今後はマスコミからの問い合わせにはエルヴィン・レディ州保健局長官のオフィスが対応する。私はレイチェル・スタンウィック事件にいっさい関わってはならない。もちろんマリーノも。

「ドクター・シュレーファーには、現場に急行するよう連絡しておきました」マギーは、自分一人で立案したわけではないであろう計画を話し続けた。「そろそろチルトン農園に向けて出発するころです。ファビアンは私の指示ですでに向かっています」

「あんたにそんな権限はねえだろうが」マリーノが唐突に口をはさむ。

「ドクター・シュレーファーが明日の朝一番で解剖を行う予定です」マギーの高慢な声が車のスピーカーから流れる。エルヴィンはきっといまごろ上機嫌でいるだろう。

「警察や関係者との連絡もドクター・シュレーファーが担当します。何の問題もありません」

「問題大ありよ。そもそもそうはならないから。エルヴィンに伝えてちょうだい。私はこのままチルトン農園に向かうって。私は私の仕事をまっとうしたいから、よけいな口出しや邪魔はしないで。状況を把握できしだい、誰がいつ何をすべきか、今後の指示を出すわ。はっきり言っておくけど、マギー、指示を出すのは私だから」

「あなたのその態度を保健局長官に報告しておきます」マギーは通話を切った。

「くたばれよ」マリーノがハンドルを握り締める。「マギーもエルヴィンも、くたばりゃいいんだよ」

「トラブルは芽のうちに摘んでおくことにする」私は言った。「この案件は私たちが担当するとダグにメッセージを送っておく。文字にしておけば、あとからそんな指示は聞いていないと言われずにすむ」

〈僕が現場に行くようにとの指示がありました〉――数分後、副局長ダグ・シュレーファーから返信があった。〈局長は現場に行かないほうがよいと州保健局長官が判断したとマギーから聞いています。ニュースでいろいろと取り沙汰されているので〉。

〈私がいま現場に向かっているところです〉誰に決定権があるかをダグにわからせようと、私はそう書いた。〈あなたは局にとどまってください。レイチェル・スタンウィックは私が担当します。何か不明点があれば電話してください〉。

〈上からの指示に逆らいたくないだけです〉ダグの返信にはそうあった。彼が楯突《たてつ》きたくない上は、私ではないようだ。

「フルーグには先に事情を伝えておいたほうがよさそうだな」私がダグの返信を読み上げると、マリーノは言った。「とうに察してるかもしれねえが、このあと醜い争いが起きそうだって教えといたほうがいい」

マリーノはダッシュボードのタッチスクリーンに手を伸ばして電話をかけたが、市警の刑事ブレイズ・フルーグは応答しなかった。当然と言えば当然だ。電話に出たくても出られないに決まっている。誰かからそう指示されているだろう。問題は、その誰かとは誰で、どんな理由があるのか、だ。マギーやエルヴィンかもしれない。ほかの人物かもしれない。

「アレクサンドリア市警のブレイズ・フルーグ刑事です。緊急のご用件の場合は……」フルーグの留守電の応答メッセージが流れ始めた。

本人を前にして話しているとき以上にヴァージニア訛が強く感じられた。形式張ったぎこちない話し方だ。軽く扱われたくないという気持ちが必要以上に前に出ている。マリーノがメッセージを残す。情報がどこからか漏れていること、複数の方面から干渉されていること。検屍局の職員の誰かが自分たちより先に現場に現れた場合、遺体を調べさせる前に自分たちに確認を取ること。

「来たのがファビアンだろうがドクター・シュレーファーだろうが、俺らがOKを出すまで遺体に触らせるなよ。いまこの時点ではまだOKじゃないからな」マリーノは留守電に向かってそう念を押すように言った。「そろそろベル・ヘイヴン・マーケットだ。店がまだ開いてたら、そこでトイレを借りていく。じきに着くから待っててくれ」

前方の左手、青々とした木立と低木の茂みの奥に、納屋のような見た目の食料雑貨店がある。下見張りの外壁の赤い塗料は剝げかけている。じりじりと地平線に迫る夕《ゆう》陽《ひ》を浴びて、トタン屋根がすずのように輝いていた。建物をぐるりと囲むポーチに設えられたブランコは無人で、影に包まれている。つい最近まで、ベントンもルーシーもドロシーも、そう、私たちの一家全員がこの店の常連客だった。

週末ごとに店の裏のピクニックテーブルを囲み、サラダやサンドイッチを楽しんだ。帰りには地元産の野菜や果物、自家製のパンや焼き菓子など店の自慢の品を買いこんだ。ドロシーが好きなファッジやマリーノが好きな昔風のガムも大量に買った。私のお気に入りの店だったが、ここ何週間かは一度も来られていなかった。出歩くのは賢明なことではなかった。

この店は地元のランドマークになっていて、旅行者向けの観光案内地図にもかならず載っている。ビール、ワイン、宝くじも買えるし、ATMも使える。あらゆる場所から客が訪れる店で、ギルバート・フック裁判が始まって以降は大繁盛しているはずだ。

「昔から変わらないものは数少なくなったけれど、ここはそのうちの貴重な一つね」私は言った。マリーノは車の速度を落とした。「このお店はロースクールに通っていたころから何も変わっていないし、いまもアレクサンドリア一おいしいサンドイッチを売っている」

「よせよ、思い出させるな。腹が減って、胃袋が自分を消化し始めてるんだ」

マリーノがそう言うと同時に、私のおなかが鳴った。お昼過ぎにマクドナルドのフィレオフィッシュとポテトを食べて以来、何も食べていない。いまならその倍くらい食べられそうだし、アイスティーでもコーヒーでも何でもいい、カフェインを含む飲み物がもらえるなら、どんなに大金でも出す。

「チルトン判事と妹は、きっと子供のころからこの店に通ってただろうな」マリーノはウィンカーを出した。「ウォリーはそのころから二人の応対をしてただろうし」

「アニーはいまも常連よ。レイチェルがいつもどこで買い物をしていたかは知らない。お酒は近所のお店で買っていたらしいことは知っているけど」

「それもよくわからねえ点だな。レイチェルの生活習慣。食料品だけじゃなくて酒も買いこんでたわけだろ。酒飲みだったのか？　離婚のストレスで飲む量が増えてたのかもしれねえな。ほかには何をしてた？」

マリーノは食料品店の駐車場に車を乗り入れた。店の前に今日のランチ・スペシャルのメニューが書かれたA形看板が立っている。焼き目をつけたサワードウのパンにはさんだローストビーフとチャツネ、スパイスのきいた冷たいガスパチョを想像して、たちまち口のなかがつばでいっぱいになった。

時刻は午後六時十五分。この店は、大きな嵐が近づくといつも早じまいする。今日は運よくまだ開いているようだ。経営者のウォリー・ポッターは、誰かの車で帰宅したのでないかぎり、まだ店にいる。サルスベリとジャカランダの下の木造カーポートに、青いシボレー・マリブ・クラシックが駐まっていた。その年代物のステーションワゴンを目にするたび、私はどうしても自分の父を連想する。父の車はフォードで、サイドパネルは模造木材だったという違いはあるにしても。

マイアミの太陽に焼かれたビニールのにおいを思い出す。ドアロックピンはゴルフのティーそっくりで、ハンドルを手で回してウィンドウを下ろすと、外の熱気がどっと入ってきた。ウォリーの店の駐車場に、ほかの車は一台もない。マリーノの車はセルフ式給油ポンプがある島の脇を通り過ぎた。ここでは買い物のついでにガソリンを入れたりガラスを拭いたりしていても文句を言われない。エンジンオイルを確認したり、タイヤに空気を入れたりするのも自由だ。

店の横にペンキが塗られていない大きな小屋があり、寒い季節には薪が積み上げられ、祝日が近づくと、生花のリースやカボチャ、ユリの鉢植えなどが並ぶ。トイレもあるが、使いたければカウンターで鍵を借りなければならない。生分解性のプラスチック袋を備えた犬用のトイレもある。病気が進行する前、私の父が経営していた食料品店がそうだったように、ベル・ヘイヴン・マーケットは、どんな人であれ来てよかったと思えるものが何か一つはある店だ。

マリーノは入口のすぐ前に車を駐めた。〈閉店〉の札は出ていない。とはいえ、閉店後はかならず出ているわけでもない。その日、誰が店を閉めたかによる。それが経営者のウォリー本人だと、札が出ていないことが多かった。ウォリーは忘れっぽいのだ。窓を透かしてレジカウンターの奥にエルゴノミックチェアが見えたが、誰も座っていなかった。

「開いているわけじゃなさそう」私はマリーノに言った。

「ウォリーは奥にいるんじゃねえか。あれこれ片づけて、そろそろ帰ろうとしてるんだろう」

「耳は遠いけれど、防犯カメラがあるから、私たちが来たことには気づくはずよね」

「カメラがちゃんと作動してるとしてな。しかも誰かがモニターを見てればの話だ」

私は店の電話番号を調べてかけてみた。当てがはずれて、話し中だった。

「ウォリーは電話中なのね。レイチェルのことをもう誰かから聞いたなら、知り合いに連絡したり、知り合いから連絡があったりしているでしょうし」

「ドアが開くか試してみよう」

マリーノは脇道や路地を右に左に走っているあいだずっと脚にはさんでいた拳銃とマガジンを取った。私としては、大きな拳銃の安全装置がかかっていないとき、脚にはさんだりしておいてほしくはない。マリーノは拳銃とマガジンを二人のあいだのコンソールに置き直して車を降りた。私は店の番号にもう一度電話をかけてみた。あいかわらず話し中だった。屋根つきのポーチに続く木の階段を上っていくマリーノの足音が聞こえた。誰も乗っていないロープで吊られたブランコの横を通り過ぎ、製氷機やワイン樽《だる》でできたくず入れの前を通り過ぎた。入口のドアを引いたが、ドアはびくともしない。

「おーい！　誰かいるか？」マリーノは拳でドアを何度も叩いた。「もしもーし！　おーい……！」

両手を丸めて目の脇に当て、ガラス越しになかをのぞき、大声で呼びかけ、ドアをノックする。それからポーチ伝いにさらに歩いて、一番奥の事務室の窓の前まで行った。ブラインドは下りていて、窓は日よけで覆われている。マリーノは木製の枠をこつこつと叩いた。

「よう、ウォリー？　いないのか？」

さらに何度か大声で呼びかけたり、拳でノックしたりしたあと、マリーノはあきらめ、困り顔で肩をすくめた。車に戻ってきた。濡れた服は肌に張りついているが、もう水滴をしたたらせたりはしていない。

「まいったな！」運転席に乗りこんで言う。「誰もいねえ。残念だったな、先生」

「あなたの努力には感謝する」不便を解消する方法を知らないわけではない。

もうずいぶん前に学んでいる。慎みを捨てるしかないときはいさぎよく捨てるべきなのだ。この仕事を始めたころは、被害者を別とすれば、私が事件現場で唯一の女であることのほうが多かった。だが、この時代になってもなお冷遇されたり居心地の悪い思いをさせられたりはさすがに勘弁願いたい。チルトン農園に着いたら最後、トイレにさえ行けないと覚悟しなくてはならない。飲食もできないし、手や顔を洗ったりもできない。ごみ一つ捨てられない。

現場は私有地なのだから迷惑をかけてはいけないとか、そういうことではない。たとえ所有者のアニーが許可してくれたとしても、好意に甘えてはいけない。とにかくだめなのだ。のちの裁判で問題になりかねないからだ。検屍局や警察の人間が不用意に何かに手を触れたせいで、証拠物件が法廷に提出できなくなったり、事件のストーリーが変わったりする。考古学の発掘調査と同じで、何かを一度動かしてしまえば、もう元には戻せない。元に戻そうとすれば、山ほどの説明が必要になる。

世の中のボーズ・フラグラーたち、サル・ギャロたちは、私のような人間が行動を誤るのを待っている。監察医がトイレを借りて、自分のDNAを残すような愚かなことをしてくれますようにと願っている。うまくいけば、殺人犯が入った寝室で、監察医が着替えをしてくれたりするかもしれない。血痕を踏んだりするかもしれない。昔なら、煙草のポイ捨てもあった。私は吸い殻をポケットに入れていた。

「ほかにトイレを借りられそうな場所となるとレイヴン・ランディングだろうが、あまり期待はできないな」マリーノは、自分より私にとって困難な問題を解決しようとあれこれ知恵を絞る。「ああいう施設も、嵐が来ると早じまいすることが多い。けど、まだ誰かいるようなら、婦人用トイレの鍵を開けてもらえるかもしれない」

「もうまっすぐ目的地に行ってしまいましょうよ。着いてから何とかする」私は言った。「トイレットペーパーはあるんでしょう?」

「ことわざにもあるからな――〝トイペ持たずに家出るな〟」

「ならよかった。この分では、トイレットペーパーを持って鬱蒼《うっそう》とした藪《やぶ》にもぐりこむことになりそうだから。別にそうしたいわけじゃないわよ。でも、いざとなればやる」

「俺はごめんだな。クモやヘビはお断りだ。ツタウルシも生えてるだろう。それが一番ってわけじゃないが、何もないよりは荷台の携帯トイレのほうがましだ」

「それは性別にもよるんじゃない」

マリーノがネット上のキャンプ用品店で購入している携帯トイレは、女性の体の〝工場出荷時設定〟や〝設備〟と互換性がない。

「こうしてしじゅう自分の車に私を乗せているわけでしょう……？」私はもっと配慮してほしいと言いかけた。

このトラックにはやたらに物入れがあるのだ。適切な用具をそろえておいてくれてもよさそうなものではないか。だが、そのような不満を述べるのは、攻撃的な態度はよしてとマリーノに言うのと同じだ。もっと他人を思いやってくれと言ってもマリーノは聞く耳を持たない。結婚して以来、いっそう頑《かたく》なになっている。

「鑑識ケースにその手のものも追加して、荷台に積んでおくことにするよ」マリーノはそう約束する。「しかし今日のところは、尿瓶《しびん》か、コーヒーの持ち帰りカップの大サイズから選ぶしかない。一番の扉か二番の扉か、どっちかを選ぶしかねえってことだな。それでも俺のトラックのなかですれば、プライバシーの心配はない」

「そう遠くない未来に問題を解決しなくちゃならなくなるのは確実よ」

先へ進むにつれ、路面は荒れ、景色はさびれていった。低地を走る道路は、冠水したり凍結したりしがちだ。行き交う車はどんどんまばらになっていき、西に沈みかけた太陽は切れぎれの雲のあいだから顔をのぞかせたり隠れたりを繰り返し、小さな池ほどもある大きな水たまりが銀色を帯びた光を映している。

タイヤに撥《は》ね上げられた水が車の下腹をドラムのように叩いている。マリーノはハイドロプレーン現象を警戒し、ゆっくりと進んだり停《と》まったりしながら車を走らせた。ときおり路肩が見えなくなるほどの冠水だ。大型トラックのおかげで、道路の凹凸を気にしなくてすむのはありがたい。

「こんな道、毎日は運転したくねえよな」マリーノはまた灰皿を探った。

「それもあるけど、できれば日没後に出歩きたくない一帯よ」マリーノがガムを差し出すが、私は遠慮する。

「チルトン判事は毎日何時間も車に閉じこめられてるんだろうな。渋滞のうえに土砂降りとなったら、通勤するだけで日が暮れる」マリーノはクローブ味のガムの包装紙をむく。その香りで私はクリスマスやポプリを連想する。

「ふだんから日の出と同時に家を出発して、夕方早めに裁判所を出るのよ。そうやってラッシュアワーの一番ひどい時間帯を避けている」

「仕事以外のことをする暇がなさそうだ」マリーノが言う。「趣味とか人づきあいとか」

「アニーはそう簡単に他人に心を開かないの」

南へと進めば進むほど、商店や住宅街はまばらになり、間隔も開いていく。雑草に占拠された牧草地は、蔓植物《つるしょくぶつ》にからみつかれて息も絶え絶えの下生えのジャングルに侵食され、ローム質の粘土は骨髄のような赤褐色をしている。木立や野原のあいだに小さな教会が点在していた。大半は保守派の教会だ。

どれも私が生まれる前から存在している。トラック相手のサービスエリア周辺の〝紳士クラブ〟や成人向け書店は、苦難の時代を生き延びていた。バングホール酒店やトップヴァリュー質店も健在だ。カールズ貸金店、コロニアル煙草店も。骨組みだけになった納屋とその隣の錆色《さびいろ》のサイロが見えた。母屋は煙突一つを残してきれいになくなっている。

最後の収穫がいつだったかわからないような休閑中のトウモロコシ畑を過ぎ、岩と倒木だらけの干上がった小川にかかった屋根つきの古い橋を渡る。次に見えてきたのは、一九五〇年代築のモーテルを取り壊したあとの建設現場だ。右手に見えるトレーラーハウス専用のキャンプ場は、記憶にあるかぎりそこで営業している。その先には小さな墓地があって、かたむいた墓石とプラスチックの造花が見えた。

セール時期にときおり買い物に出かけたシアーズ百貨店はなくなっていた。その跡地には平底船の販売店があるビジネスセンターができていた。中古の製パン用品を専門に扱う店もある。禿《は》げかけた野原が続いた先で、ラクウショウに覆われた潮汐《ちょうせき》湿地や沼地が広がった。

9

ジョージタウン大学ロースクールを卒業し、社会に出て以来初めてチルトン農園を訪れたとき、とても不安な気持ちで車を運転したことを覚えている。

世界のこの一角を再訪したのは去年の夏だった。きっかけは、現在の地位をオファーされたことだった。遠い昔にキャリアのスタート地点となった土地に戻ってくる機会、ヴァージニア州検屍局長に復帰する機会を与えられたのだ。

「複雑な気持ちだった」これまでしたことのない話をマリーノに打ち明ける。「復帰を決意したのは、アニーの意見を重視した結果だった。そのときの話し合いは、アニーがセッティングしたの。デア州知事と内々で会ったのよ。チルトン農園で食事をしながら、三人だけで話し合った。議事録は存在しない。録音もない」

その日、マリーノは同行していなかった。ベントンもだ。私は一人でアレクサンドリアに来て、皮肉なことに、いまギルバート・フック裁判の陪審団が宿泊しているオールド・タウン・マリオット・ホテルに滞在した。三十年ぶりにアニーの実家を訪れたその日も、いまマリーノとたどっているのと同じルートをたどった。一帯の変わりようを見て気持ちがふさいだ。何もかもが荒廃し、危険なにおいを漂わせていた。

「ロースクール時代、週末にときどきアニーの実家で過ごさせてもらっていたけれど、そのころはこんな風ではなかった」私は実体験を話し続けた。「遊びに行く先がたくさんあったのよ。お安めのシーフード・レストランとか、ダイナーとか。ハーディーズやデイリークイーン、陸海軍の払い下げ品の専門店があったのを覚えている」

「いまはほとんど何もねえな。こんなところで車が故障したら一大事だ」

「あの当時は、昼だろうと夜だろうと、車で出かけるのに躊躇《ちゅうちょ》したことなんかなかった。アニーは車を持っていてね」

大学の近くに共同で借りていたタウンハウスからチルトン農園までは車ですぐだったから、よく農園に立ち寄って、アニーのご両親と早めの夕飯を食べた。天気がよければ、幾何学式庭園で食事にすることもあった。庭園は美しく、手入れが行き届いていた。そのころはポトマック川も見えた。

「いまは川なんて見えないけれどね。草木が伸びすぎてるから」私は続けた。「自分はポトマック川のすぐそばにいるんだなんて、誰もまず気づかないと思う。石を投げたら届くくらいすぐ近くなのに。それを言ったら、自分が立っている場所が昔は幾何学式庭園だったなんて誰も思わない」

ご両親が健在だったころのチルトン農園は本当に美しい地所だった。お手伝いさんや料理人が大勢いて、折々に特別なイベントが開かれた。家族の誕生日には盛大なパーティが行われて、アニーの二十五歳の誕生祝いには私も招かれた。

「いま思い返すと、レイチェルはそのパーティにも来てなかったわ」私はその日のことをマリーノに話す。「こんな大きなバカラのシャンデリアがあってね。美術品のコレクションもすばらしかった。いまは何一つ残っていないけれど。倉庫に預けてあるのか、売却したのか。アニーはそういうものを家に置いておきたがらない人だし、レイチェルはそもそも関心がなかっただろうし」

「両親は全財産を二人に遺《のこ》したのか」マリーノが訊く。

「わからない。でも、農園を管理してるのはアニーよ。私が知るかぎりでは、レイチェルは農園には知らん顔だったはず。最近になって、しばらく身を寄せることになるまでは」

「お父さんは何をしてた人なんだ？」マリーノはミラー加工の眼鏡をはずし、バイザーの裏に引っかけた。

「弁護士。どれだけ繁盛してたのか、毎日どれくらい実際に仕事をしてたのか、そのあたりのことはよく知らない。この地域の由緒正しい家系の人たちはだいたいそうだけれど、お父さんは〝チルトン家の一員であることが仕事〟みたいな人だった。娘のアニーは、そういう生き方はしたくないと思っているはず」

「レイチェルは超がつく金持ちと結婚したわけだろ。きっと相当な額の慰謝料を狙ってただろう。問題は、アニーの資産額だな」

「多額の遺産を受け継いだんだとしても、第三者からはそう見えないと思う。遺産を使っている様子がないから」私は答えた。「地所の維持や改装にお金をかけていないのは確かよ。見たところ、プライバシーやセキュリティには一セントたりとも使っていない。アニーが受け継いだ時点で、農園はひどいありさまだった。いまからあなたが目にするチルトン農園は、昔とはまったく違うの」

「アニーはいつから農園に住んでる?」

「ご両親が亡くなったあと、少なくとも十年」

「だいぶ変わり者らしいよな」マリーノは言った。「法廷の様子からはそうは思えないが。判事ともあろう人間が自分の身の安全にそこまで無関心だなんて想像できない。しかも金も名誉もある家柄の出なわけだろう」

「その家柄が問題なのよ。一緒に暮らしていたころ、私もさんざんお説教したわ」

一九八〇年代にアニーと知り合ったジョージタウン大学ロースクールは、私が大学卒業後に受けた教育の最後の一つだった。ジョンズ・ホプキンス大学で病理学のレジデント研修を終え、ボルチモア検屍局に入ってからは殺人捜査研修コースと法医学アカデミーを修了した。アニーがまだ理論の塔にいたころ、私はとうに犯罪の現場を経験し、いくつもの検死解剖をこなしていた。

「アニーが窓を開けっぱなしにしたり、ドアの鍵をかけ忘れたりするたびに腹が立った。でもね、何を言っても効果はなかった。そういうことがあるたびに注意はしたけれど」

「いまはさすがに防犯アラームくらいは入れてるだろう」

「入れてはいるけど、サイレントアラームよ（警報を鳴らさずに（＝侵入者に気づかれずに）警察やセキュリティ会社に異常を知らせる装置）。おそろしく旧式なもの」私は言った。「警報は騒音公害につながるって気にしているの」

「サイレントアラームじゃ賊の侵入は阻止できない」

「しかも面倒だからってセットしなかったら、あっても無意味」私は言う。「アニーはね、騒音も含めて、野生動物を脅かすおそれがあることはいっさいしたがらない。少なくとも本人はそう言い訳している」

「レイヴン・ランディングを経営してる環境保護活動家と同類か。モーターボートは禁止。あの腰抜けどものヨットクラブのそばをモーターボートで通ろうもんなら、軽蔑の目で見られる」

「アニーの地所には防犯カメラも一つもないのよ」車は鬱蒼としたマツの林を抜け、東へ――ポトマック川のある方角へと向かっていた。「玄関のインターフォンにさえカメラが内蔵されてない」

「それは困ったな。仮に他殺だとすると、犯人は敷地内に入った可能性が高くなる。カメラの映像があれば捜査の役に立っただろう。それにしても、判事はいろんな犯罪を見聞きする立場なわけだろ。そんな風に無防備に暮らしてるとは誰も思わねえよな。アニーに刑務所行きにされて、いまは出所したって悪党はそれなりの数になるはずだ。そのうちの誰かがお礼参りに来たのかもしれない」

「襲われたり殺されたりする心配をしていると、それだけで気力体力を削《そ》がれるでしょう。だからアニーは心配しないことにしているのよ」

「名の知られた判事なんだ。愚かとしか言いようがないな。近ごろは、公人ならいつどこで襲われるかわからねえ。法廷のど真ん中にいたって安全とは言いきれない。あんたがついさっきまでいたみたいな」

「否認。支配欲」私は言った。「その結果、自分ではほとんどコントロールできない、あるいはまるで力が及ばないような危険は脇に押しやられて、利他の心が幅をきかせることになる。アニーの世界観は、あなたや私のそれとは昔から違っているの。人はみな根が善良だと信じているのよ」

車はジョージ・ワシントン記念パークウェイをたどっている。渋滞は解消したらしく、そこそこのスピードで走れていた。私は携帯電話をチェックした。ベントンからメッセージが届いていた。あと何時間かワシントンDCにとどまることになりそうだという。シークレットサービス本部にいるのか、ホワイトハウスにいるのかはわからない。いずれにせよ、いまは手が離せない状況なのだろう。こうしてメッセージをくれるのは、いま何が起きているかちゃんと把握できていることを私に伝えるためだ。自分は無事であり、私のことを思っていると。

ルーシーからはあいかわらず何の連絡もない。フルーグやファビアンも同様だ。ただしマギーからは、いますぐ電話をくださいというメッセージが来ていた。州保健局長官には私と話す空き時間が奇跡的にできたらしいが、私は話をするつもりがそもそもない。

「レイチェルの財力を思えば、宿泊先なんか好きに選べただろうに」マリーノは、レイチェルがアニーの家に身を寄せていたのは奇妙に思えるという主張を続けた。「そこらの高級ホテルのプレジデンシャル・スイートにでも泊まればいいじゃないか。高級コンドミニアムの短期貸しの部屋だって探せば見つかっただろう」

「私もどうしてだろうって考えはしたけど、答えはいまもわからない。時間がなかったんじゃない？　だからチルトン農園に帰るのが一番簡単だった」

「それまではどこにいた？」

「夫と住んでたワシントンDCのペントハウス。千五百万ドルの部屋よ。ルーフテラスがあって、室内のドアはどれも無垢のローズウッド」レイチェルが実家の農園の荒廃ぶりに不満を漏らしたついでに、自分の住まいの話をちらりとしていたことがある。

「なんで時間がなかった？　夫じゃなくて、レイチェルが家を出た理由は何だ？　お互いのどんなところに不満があって離婚を申請してる？」マリーノはクローブ味のガムをせわしなく咀嚼《そしやく》している。「夫の暴力に怯《おび》えてたとか？　なんでレイチェルのほうが家を出た？」

「アニーに訊けば答えられるかも」

「いままでセキュリティを気にしたことがなかったとしても、今後はそういうわけにはいかねえだろうよ」マリーノが言う。「これが他殺だとしたら、犯人の狙いは誰だったかが問題になる。アニーだって同じことを疑問に思ってるはずだ。立場を考えればな」

「ついさっきまでアニーが法廷の裁判長席にいたことに疑いはない」犯人がアニーをストーキングしていたなら、自宅にいないことを知っていたはずだ。「それに、ここ数週間はアニーが一人暮らしではなかったことだって知っているはず」

「だな。実家にはレイチェルがいた。今日の夕方、何らかの理由で管理人と会う予定だった」マリーノが言った。会員制ヨットクラブ、レイヴン・ランディングの五階建てのビルくらいありそうな大型看板の下を通り過ぎた。

海を走るヨットとそれに乗っている美しい人たちの写真を見れば、レイヴン・ランディングが高級なクラブであることがわかる。私はボーズ・フラグラーのオフィスで見た写真を思い出した。フラグラー自身か家族の誰かが所有する豪華なヨットがこのあたりのどこかに係留されているはずだ。

「アニーとレイチェルの見た目は似てるのか？　取り違えた可能性はありそうか」マリーノが訊く。

「二人とも黒髪に黒っぽい目」私は答える。「長身でほっそりしてるところも似てる。ただ、アニーのほうが背が高くて、ランナーらしい体格かしら。レイチェルのほうが四つか五つ年下で、髪は長い。アニーは白髪が交じり始めていて、ショートカットにしてる。車は白いプリウス」

「だろうな。でもって、もう何年も乗り続けてるんだろうよ」

「レイチェルはメルセデスの赤いスポーツカー」私は付け加えた。「少なくとも、このあいだルーシーと一緒にお酒を買いに行って見かけたとき乗っていたのはそうだった。アニーの家のドライブウェイに駐めてあるのも見たことがある。さっきも話したけど、レイチェルは注目を喜ぶタイプだった」

「行き当たりばったりの犯行ってこともありうるよな。場当たり的な犯行。空き巣や強盗が殺人に発展した」マリーノは恐ろしい可能性を挙げ続けた。「家宅侵入。レイチェルはまずいタイミングでまずい場所に居合わせちまった。犯人は家人がいるとは思わずに侵入したのかもな……」

マリーノはバックミラーに何度も目をやっている。何を気にしているのだろう。私は振り向いて背後を確かめた。

「レイヴン・ランディングの警備員だ」マリーノは無表情にそう言った。白いダッジ・デュランゴが私たちの背後にぴたりとつけていた。「フォート・ハント・ロードに入って以来、ずっとくっついてきてる。いまは追突しそうな勢いで近づいてて、そろそろ腹が立ってきた」

マリーノは表情筋一つ動かさずにそう言った。唇《くちびる》さえほとんど動いていない。後ろの車のことを話していると、背後の警備員に読まれないようにしているのだ。

「停止を命じられたりしないといいけれど」

「ふん、やれるもんならやってみろだ。停止なんか命じられたって、誰が従うか」マリーノは嚙《か》んでいたガムを指でつまみ出し、ごみ袋に入れた。戦闘準備を整えている。

「銃を持っていると思う？」

「それはないだろうな。けど、ヴァージニアは、むき出しで銃を携帯しても許される州だぜ。俺はふだんから、行き合う全員が銃を持ってるって前提で動いてる。警察官気取りほど危ない奴はいねえ」

「これは公用車じゃないでしょう」私はサイドミラーを注視し、一台分の間隔を置いて追尾してくるSUVから目を離さないようにしていた。「もしかしたら、何かの理由で不審車両と思われているのかも」私はわずかに皮肉をこめて言った。「このトラックがブラックアウト仕様だからかもしれない。特大のランフラットタイヤを履いてるからかもしれない。ウィンドウのスモークガラスとか、いろんなライトとか、全部が合法とも思えないし」

「だからって警備員ごときには何もできないさ。たとえ俺たちがボニーとクライドだとしても、奴にはどうしようもねえ。ちょいと格好いい制服を着て、いざとなったらそこそこ闘える程度のトレーニングは受けてるだろうが、ただの民間人だ」

「それ以上の危険な相手じゃないことを祈りましょうよ」私は言った。ヴァージニア州警察の車両が二台、反対車線を走っていくのが見えた。青い回転灯は閃いているが、サイレンは鳴らしていない。

「聞こえるか？」マリーノがウィンドウをほんの少しだけ下ろす。ヘリコプターのローターが空を切る音がかすかに聞こえた。「誰かを捜索中らしいな。そうとしか考えられない。何かの捜索が進行中だ」

「何にせよ、極秘に進めている」

「だな。警察無線も、壊れてるのかと疑いたくなるくらい静かだ」マリーノはウィンドウを閉めた。「何かでかいことが起きてる」

「こういう場面では私の公用車のほうが安心ね。州章が入ってるし、政府機関のナンバープレートがついている。どこの誰なのか、確認するまでもない」私はまたサイドミラーをのぞいた。デュランゴは、いまにもバンパー同士がぶつかりそうなくらいすぐ後ろに迫っている。「この車のナンバーを照会したら、どんな情報が出てくる?」

「奴には照会できねえさ。本物の警察官じゃなきゃナンバー照会はかけられない。俺はあほうどもの扱いには慣れてる。よし、このへんではっきりさせようじゃねえか、おまわり気取り《デピュティ・ドッグ》!」マリーノはうなるようにそう言うと、一気に速度を落としてウィンドウを開けた。

ウィンドウから腕を突き出し、いらいらと手を動かして、白いデュランゴに先に行けと合図した。ドアに〈レイヴン・ランディング警備部〉と書かれたデュランゴのドライバーは、赤と金色の肩章が入ったカーキ色の制服を着ていた。顎ひげをたくわえている。五十代くらいだろうか。追い越しざまにこちらをにらむように見た。マリーノもまっすぐにらみ返し、〝愚か者にはつきあいきれない〟というようにゆっくりと首を振った。

ローターの回転音がさっきより大きく聞こえていた。ヘリコプターはすぐそこまで近づいてきている。大型のヘリだ。警察ヘリか、軍用ヘリか。レイヴン・ランディング周辺を低空で飛行している。マリーノがウィンドウを閉め、ローターの音が小さくなった。淡い色をした空と大地の境目を、背の高いマツの木々のシルエットが際立たせていた。太陽は地平線にじりじりと近づき、車は川沿いのカーブをたどった。

まもなく次の交差点が見えてきた。青と赤の回転灯が閃いている。路肩にアレクサンドリア市警のパトロールカーが四台駐まっていた。その近くに無印の白いタホのSUVが二台。私たちがゆっくりと近づいていくと、SUVのドアが開いた。チルトン農園への連絡道路の入口は、反射材を貼ったA形バリケードや〈進入禁止〉の立て札でふさがれていた。

かつては幅広で手入れの行き届いた連絡道路だった。それを一・五キロほどたどった先に、面積二平方キロメートルの農園が開けていた。だが、雑草に覆われたその農園の大半はレイヴン・ランディングに売り払われている。いまもアニーが所有しているわずかな土地も売却を迫られていた。

「ここはおとなしくしておいたほうがよさそうだな」マリーノは車の速度を落として停止した。

バリケード近くで制服警官四名が張り番をしていた。青い制服に防弾チョッキを着た四人はそれぞれの持ち場で見張りを続けるなか、タホの後部座席のドアから黒いカーゴパンツと黒いシャツの女性が二人降りてきた。車内の鋼鉄のケージに光が反射するのが見えた。警察犬のハンドラーが私服というのは珍しい。

防弾チョッキと腰の拳銃がなければ、二人が警察官だとは誰も思わないだろう。所属がどこなのかはわからないが、アレクサンドリア市警でも州警察でもなさそうだ。ＣＩＡかＦＢＩだろうか。

女性ハンドラーは、ＳＵＶからベルジャンマリノワ犬二頭を下ろした。私はマリーノの拳銃と予備のマガジンをグローブボックスにしまった。マリーノがウィンドウを下ろすと、筋骨たくましい男性制服警官が一人、こちらに近づいてきた。

「よう、調子はどうだ、キャグリー巡査？」マリーノは警察官の胸の銀色の名札をわざとらしく確かめて言った。黒い文字で〈Ｂ・キャグリー〉とある。

10

「この先は通行止めです」キャグリー巡査はせいぜい三十歳くらいと見えた。赤毛がひとすじ、額の真ん中にくるりと垂れている。「どちらに行かれますか」

「チルトン農園に呼ばれてるんだ。確かな筋によるとな、マスコミもこっちに向かってる」マリーノが言う。「そろそろチャンネル5が来るぞ」

「マスコミは入れません」

「レイヴン・ランディングはどうなってる?」マリーノは訊いた。「あっちにもパトロールの者を行かせてあるよな? 川から簡単に入られるぞ。俺はモーターボートでポトマック川のこのあたりをよく行き来してるんだよ。ヨットクラブの超絶金持ちどもの神経を逆なでしてやるために」

「所属はどちらですか」キャグリーはにこりともせずに訊く。わざととぼけているのだろう。

この巡査や同僚たちは、私たちがどこの誰なのか、とっくに知っているはずだ。少しでもニュースに関心があるなら、マリーノと私の写真や映像は、よくも悪くもあらゆるニュースサイトで取り上げられている。州検屍局長と調査責任者がチルトン農園の事件現場に向かっているという情報は、アレクサンドリア市警にも伝わっているに違いない。

問題は、どのように伝わっているかだ。私は最悪の事態を覚悟している。誰に問い合わせるかにもよるが、私は臨場を禁じられていると伝わっているかもしれないのだ。私は仕事を切り上げて帰宅せよと命じられている。

マリーノが私たちはどこの誰であるかを説明し、キャグリー巡査は身分証明書の提示を求めた。

「車の登録証もお願いします」キャグリーが言い、マリーノが二人分の身分証明書を差し出した。「いったん車から降りてください。犬が捜索します」

警察犬のハンドラー二人はマリノワ犬のリードを握って待機している。マリーノと私がドアを開けて車を降りると、犬が車の周囲を嗅ぎ回り始めた。

「さあ、チェックして……！」ハンドラーが犬たちを促す。一頭がまもなく、私がたったいま降りたばかりの助手席側のドアの前で座った。

「グローブボックスに拳銃が入ってる」マリーノが申告した。「ご想像のとおり、後ろのシートに銃弾もある。荷台には鑑識道具と工具類。発煙筒も一箱ある」

アレクサンドリア市警の制服警官の一人が、長いハンドルがついた鏡で車体の下側を捜索している。警察犬のハンドラーの一方がテールゲートを開けた。

「クインシー有限会社？」キャグリーが皮肉めいた調子で言い、ピックアップトラックの登録証をマリーノに返した。濡れた路肩で待っている私たち二人分の身分証も返却された。「祖母がよく見ていましたよ。監察医が主人公のドラマ〔『Dr.刑事クインシー』のこと〕」

キャグリーが私に視線を向けた。一九七〇年代に放映されていたそのテレビドラマや主演ジャック・クラグマンのことなら私も覚えているとは言わずにおく。この巡査のおばあちゃん世代とひとくくりにされたくない。きっといまの私はひどい見た目なのだろうと改めて思った。スーツは濡れて皺《しわ》だらけ、髪はぺしゃんこで、ストッキングも靴も履いていない。

「ただの登録名義だ」マリーノが節税対策として有限会社を設立したのは、ドロシーと結婚して以降のことだ。「前にクインシーって名前の保護犬を飼ってたんだよ。遺体捜索犬としちゃ毛ほども役に立たない犬だった」

警察犬がトラックの捜索を終えた。ご褒美は遊びと控えめな褒《ほ》め言葉だ。

「いい子ね！　よくやったわ……！」

「よくできました。おいで、いい子ちゃん……！」

マリーノと私は車に戻り、乗りこんでドアを閉める。市警はこのあとどう出るだろう。きっと現場に入るのを許可してよい人物のリストに私の名前はないと言われるに違いない。私が来ても入れるなと指示されているに違いない。マギーになかば脅されたように、まっすぐ家に帰って、せっかくの連休を楽しめと言われるのだろう。そしてダグ・シュレーファーがいっさいを任されることになるのだ。

「ご不便をおかけしました」キャグリーが腰をかがめ、マリーノの側の開いたウィンドウからこちらをのぞきこむ。「対応を厳格に指示されているものですから。こういう検問ポイントがもう二ヵ所あります。次は私道の入口で、最後の一つは母屋前です。少なくともそう聞いています。自分で農園内に入って見たわけではないので」

キャグリーは、警察犬のハンドラーや白いタホ二台のほうを何度も盗み見ていた。まもなくその目は私をまっすぐに見た。

「お目にかかれて光栄です、局長。靴を履いていらっしゃらないなとつい目が行ってしまって。動画を見ました。ネット上で話題になっていましたから。デイナ・ディレッティは何様なんでしょうね。あんな風に歩道上で追いかけ回したりして」

「みっともないところを見せてしまってごめんなさい」私は言った。

キャグリーはじっと私を見つめている。私たちを取り巻くように青や赤の回転灯が閃いていた。

「検問でご迷惑をおかけしてすみません」キャグリーが言う。「ごらんのとおり、警備が厳重で。この先もっと厳しくなります」

「誰の指示だよ?」マリーノが訊く。

「FBIです」

バリケードやその周囲に立っているほかの制服警官とは十メートルくらい離れている。制服警官はみなイヤピースを耳に入れ、携帯電話で連絡を取り、互いに言葉を交わしながら周辺に警戒の目を走らせていた。彼らが話している内容までは聞き取れないが、キャグリーはこちらの話を彼らに聞かれたくないらしかった。

「この先で何が起きてる?」マリーノは、林と湿地帯を抜ける細い連絡道路を指し示した。「レイヴン・ランディングで何かあったのか?」

「もう何時間も封鎖されてます」キャグリーが答える。「レイヴン・ランディングにいるのは警察関係者だけです。あそこの警備員の一部とFBIだけ。あとは州警察の捜査官も二、三人。正確なところはわかりませんが。FBIは何も教えてくれないので」

「まあ、予想の範囲ではある」マリーノが言う。「レイチェル・スタンウィックはC

ＩＡの職員だったんだものな」

「ニュースでは、ＣＩＡの広報係みたいな役割だったと言ってましたが」

「ＣＩＡの肩書きなんて、あくまで表看板だ」マリーノの口調は、そんなことは一般常識で、議論の余地はないとでもいうようだった。「チルトン判事の家はいまどんな様子だ？　市警の人員が現場にいるんだろう？　レイチェル・スタンウィックに何が起きたか、おまえはどう聞いてる？」

「現場にはフルーグ刑事がいます」キャグリーが答える。「ほかに誰がいるか、全部で何人行ってるのかまでは知りません」

警察犬のハンドラーたちは、まだロープの引っ張りっこをしたり、駆け回ったりして犬と遊んでやっていた。やがて通りを渡ってタホに戻っていった。キャグリーはそれを目で追い、ポトマック川に機動艇が何艘《そう》も出ていると言った。

「もうお気づきかと思いますけど、ヘリコプターも出動しています。ドローンも何機か見ました」

「誰を捜してるんだろうな。おまえ、何か聞いてないか？」マリーノが尋ねる。「レイヴン・ランディングに誰かひそんでると思ってるのか？　チルトン農園の森とか」

「ですから、誰も何も教えてくれないんですよ」キャグリーは左右の親指を艶《つや》やかな黒いユーティリティベルトに引っかけた。「小耳にはさんだ程度のことはいくつかありますけどね。それに、被害者は自分が金を持ってることをまったく隠していなかったそうです。高級車に乗って、派手な宝石や服を身につけて。しかも傲慢な人物と思われていた」

「金が動機だと考えてるってことか？」マリーノが訊く。「強盗や泥棒がレイチェル・スタンウィックに出くわして殺しちまったとか？」

「そうかもしれませんし、ほかの可能性もありそうです」キャグリーが言う。「僕は被害者と会ったことがないんです。ふだんの巡回エリアは少し離れてますから、この農園に来るのは通報があったときくらいですね。それ以外は邪魔者扱いです」

「だよな、わかるよ」マリーノは、自分が疎外され、都合よく利用されていると感じている相手の心情に寄り添うすべを知っている。

「ただ、こんな噂《うわさ》があったのは僕も知っています」キャグリーが切り出した。

　レイチェルは不倫していたらしいとキャグリーは言った。昼休みに車で帰宅する姿がたびたび目撃されていたのだという。

「チルトン判事が法廷に出ている隙に、ここで密会していたんじゃないかって噂です」キャグリーは、周囲に用心深く視線を配りながら、打ち明け話をするように言った。

「昼休みに帰ってきてたってだけじゃ、浮気してたことにはならないだろう」マリーノが言う。

キャグリーはA形バリケード前の同僚たちにちらりと目を向け、次にエンジンがかかったままの夕ホで待機している警察犬のハンドラーのほうをうかがった。

「僕が知るかぎり、密会していたのは事実です」

「相手は？」マリーノが訊いた。

「僕から聞いたなんて誰にも言わないでくださいよ。ボーズ・フラグラーです」キャグリーが言う。それを聞いて、私は法廷でのアニーの態度を思い返した。「農園に出入りする姿を目撃されてます」

アレクサンドリア市検察官ボーズ・フラグラーとレイチェルが不倫関係にあったというのが事実なら、レイチェルが一時的にチルトン農園に帰ろうと思った理由にも納得がいく。農園には防犯カメラがない。地所は草木で覆われ、日中アニーはほとんど在宅していない。母屋の前に車が駐まっていても、通りからは見えない。

「フラグラーがこっそり農園を出入りしてたって話は誰から聞いたんだ？」マリーノ

が訊く。

「それとも一つ、フラグラー本人か有名な一家の誰かがレイヴン・ランディングの会員だったということはない?」私は尋ねた。「フラグラーのオフィスに行ったとき、豪華なヨットの写真を見たの。背景はレイヴン・ランディングにそっくりだったわ」

「ありそうな話だな」マリーノが冷笑を浮かべる。「レイヴン・ランディングは、まさにフラグラーみたいな奴が会員になりそうなヨットクラブだ」

「クラブの警備員にドッグって名前の奴がいましてね。gが二つのDoggです。さっきここに来たんで、ちょっと話をしました。あのあとたぶんクラブに戻ったんだと思います」

「ここに来る途中で俺らを追い越してった車。たぶんそいつだな」マリーノが言う。「白人、黒っぽい髪に顎ひげ。よく見たわけじゃねえが、首が太くて、ガタイがよさそうだった」

「そいつです」

「〝おまわり気取り《デピュティ・ドッグ》〟呼ばわりしてやった。俺は千里眼らしいな。後ろにぴったりくっついてきやがった。おまわりさんごっこだよ」

「レイヴン・ランディングで働いてる人たちはみんな鬱憤を抱えてるんですよ」キャグリーが言った。「連邦機関の職員は、僕らみたいな地元警察の人間を馬鹿にするじゃないですか。それを思うと、民間の警備員がどんな扱いを受けてるか……」

「gが二つの犬《ドッグ》みたいな扱いだろうな」マリーノが言う。

「それか、ショッピングセンターの警備員みたいな扱い」キャグリーが付け加えた。

マリーノは身分証入れを開き、検屍局の法医学運用スペシャリストに採用された直後に作った名刺を一枚抜き出した。

「俺の車を煽《あお》るような真似《まね》をして許されるとなんで思ったのか知らねえが」彼がその一件を快く思っていないことは誰が見ても明らかなのに、マリーノは念を押すようにそう言った。「自分がかわいいなら二度とそういうことはするなって、おまえからも言っておいてくれよ」

「ええ、伝えておきます」キャグリーが言う。「フルーグにも連絡を入れておきますよ。あなたと局長がいらしたと」

「検屍局のバンがそろそろ来ると思う」マリーノは言った。「真っ黒でウィンドウが一つもないバンだ。見りゃそうとわかる。来るのはファビアンって調査官だ。見た目で引くなよ」

「気をつけておきます」キャグリーはそう言って車から離れた。

マリーノはウィンドウを閉め、またも腹話術師のように表情は動かさず、唇だけをわずかに動かして、最新の情報に関する感想を述べた。

「ただでさえ怪しげな事件なのにな。マスコミに感づかれてみろ。ボーズ・フラグラーと浮気？　なんてこった」

キャグリーとほかの制服警官がバリケードと〈進入禁止〉の立て札を移動し、手を振って私たちの車を通した。

「不慮の死ほど、内輪の恥をいっぺんに公にするもんはないな」マリーノが言った。

「いまこの瞬間のボーズ・フラグラーにはなりたくねえよ。しかも十一月には選挙を控えてる」

「私はいろんな理由からいまの彼にはなりたくない。レイチェルを愛していたならなおさらよ。二人のあいだに特別な絆があったのならね」私は答える。車は林や沼沢地を抜けて走った。

すぐそこにあるはずの川は見えない。空の色が変わっただけだった。いまは真珠のような色を帯び、地上の光が反射してきらめいている。夕陽が木々の輪郭を燃え立たせ、川沿いを旋回するヘリコプターの音がやかましく聞こえている。レイヴン・ランディングの入口を示す看板の前をまた通り過ぎた。今度の看板には、皮肉にも、カラス《レイヴン》が止まっていた。

「つい世間に対して斜にかまえたくなるものよね」私はマリーノに言う。「とくに私たちのような立場の人間は、日々目にしているもののせいで、シニカルになりがちだわ。フラグラーが世の中の誰より日和見主義的な人物であることは、改めて言うまでもない事実だし。でも、だからレイチェルを心から愛していたわけがないなんて、誰にも言えない」

「たとえレイチェルにベタ惚れだったとしても、フラグラーの野郎は保身に走るだろうよ。何をおいても自分が最優先だ。俺が知りたいのは、フラグラーとチルトン判事が裁判にどうけりをつけようとするかだ。だって、俺たちがこうして話してるあいだも、フラグラーはあれこれ画策してるだろうからな。それは間違いない」

「個人的な事情が裁判に影響を及ぼすことはない。私的な利害関係があっても、法律のうえでは忌避の根拠にはならない」私は言った。「公平な判断を下す能力に欠けると自ら主張しないかぎりはね。アニーがそうするとも思えない」

「フラグラーも同じだよな」マリーノは言った。母屋から高く伸びる煉瓦の煙突が四本、木立の上に見えている。「妹がフラグラーと不倫してたこと、判事は知ってたのかな」

「知らなかったとしても、じきに知ることになる。このところ私を避けていた理由はそれかもしれない」

「法廷でえこひいきした理由もな」マリーノが言う。「フラグラーのでたらめを見逃すのに一生懸命だった理由」

「そうではないことを願うわ。アニーらしくないもの。アニーはいつだって誠実な人だった。法の精神を裏切るようなことは一度もしたことがない」

アニーの古めかしい荘園《しょうえん》屋敷の玄関前に続く私道沿いに、アレクサンドリア市警のパトロールカーが四台、すべてのライトを消して停まっている。警察犬を乗せた白い無印のタホも二台。私道の入口に制服警官が立っていた。彼らは移動し、手で合図をして私たちの車を通した。私道の先には、アニーが〝Uターン場所〟と呼んでいる石敷きの広々とした車寄せがある。

「あんたがさっき言ってた意味がもうわかった気がする」マリーノは、ツタがからまる背の高い煉瓦の柱二本の前に車を駐めた。

それぞれの柱のてっぺんに、フクロウの石像がある。何世紀もかけて浸食されたうつろな目がこちらを凝視していた。緑青《ろくしょう》で覆われた〈チルトン農園〉の銅の表札は、花がほとんど落ちて茶色くしなびたスイカズラに隠れていてよく見えない。玄関前に密生したツツジも枯れかけているようだ。私が最後に来たときは、ここまで放《ほ》ったらかしにされ朽ちかけているようには見えなかった。

ドライブウェイは長く曲がりくねりながら木立の奥に消えている。煉瓦の柱の先にクモの巣のように張り巡らされた黄色い立入禁止のテープが、ヒマラヤスギの大木のあいだで風にはためいていた。そのテープのバリケードの両側にもA形バリケードが設置されていた。

「この先に車を通す気はないらしいな」マリーノが言った。「気に入らねえ」

マリーノはシフトレバーを乱暴にパーキングの位置に押しこんだ。それぞれドアを開けると同時に、ここでもまたマリノワシェパード二頭とハンドラーが現れた。第一の検問ポイントとまったく同じ服装をしていた。私たちは車を降り、さっきと同じ手続きを踏んだ。犬たちが車の周囲を嗅ぎ回る。

犬はさっきと同じ場所で警戒姿勢を取り、マリーノは銃や弾、発煙筒があることを説明した。元刑事なのだとわざわざ言ったが、誰も意に介さない。所属を示す標章が何もついていない服を着たハンドラーが犬を褒めたりじゃらしたりしながら、路肩に駐まったやはり標章のついていない白いSUVに戻っていった。

「ＣＩＡだな」マリーノはハンドラー二人を目で追って言った。「ＦＢＩってこともありえるが、そうだとするとちょいと妙だ。ＦＢＩならふつう、ＦＢＩだとわからせるマークを何かしら着けてるからな。連中の防弾チョッキは宇宙からだって見分けられる」

私たちはまた車に乗りこんだ。それきり放置された。誰も話をしに近づいてこない。マリーノは拳銃と予備のマガジンをグローブボックスから取り出し、私とのあいだのコンソールに元どおり置き直すと、自分の側のドアを開けた。

「どこにも行くなよ」行く先などどこにもないのに、マリーノは言った。

11

私は外の話し声が聞こえるよう、ウィンドウを少しだけ下ろした。マリーノは私道の入口に立つ制服警官たちに近づいていく。ここでもまた身分証を掲げた。夕陽が金色のバッジをきらりと輝かせた。アレクサンドリア市警の制服警官たちは一瞥もくれなかった。

キャグリー巡査から、私たちの身分は確認ずみと連絡を受けているのだろう。身元不明の人間を地所に立ち入らせるはずがない。それでもマリーノは、身分証をこれ見よがしに掲げるチャンスを決して見逃さない。自分が丁重に扱われないと感じると、それだけ身分をひけらかそうとする。

「母屋に行かなくちゃなんねえんだがな」マリーノの声が聞こえてきた。「そこの車に用具類を山ほど積んでるし、このあと検屍局のバンも遺体を引き取りに来る。玄関前につけさせてもらえないと困るんだよ」マリーノは鬱蒼と茂った草木の上空にそびえる煙突四本を見上げた。「遺体をストレッチャーでがたごと運んでくるってわけにはいかねえから」

「お二人が来たことは伝えました」制服警官の一人が言った。

「誰に？」

「迎えをよこすそうです」

「誰が？」マリーノはいらいらと訊き返す。「いったい誰の話をしてるんだよ？」

「あなたのトラックはここに置いていってください。ご不便をおかけしてすみません」

「冗談だよな」

「いいえ」

「バカ言わねえでもらいたいな。そこの黄色いテープを下ろして、バリケードをどけるだけのことだろう。俺が車で通り過ぎたら、元どおりにすればいいだけだ」

「できません」

「何か理由があるのか？　それともただの嫌がらせか？」マリーノが詰め寄る。私はそのくらいでやめておいてと念じる。

「指示のとおりにしているだけです」

「へえ、そうかよ。じゃ、フルーグに伝えてくれ。誰が何と言おうと俺らは母屋に行くからってさ」マリーノは脅すように言って向きを変えた。

マリーノが車に戻ってくる。私はウィンドウを閉めた。マリーノが私の側のドアを開け、私の前に手を伸ばしてコンソールから拳銃と弾を取った。太い腕が私の脚をかすめた。

「何がどうなってんのかさっぱりわからねえな。マギーとエルヴィンが手を回してるんじゃなきゃいいが」マリーノは拳銃をウェストバンドにはさみ、予備のマガジンをポケットに押しこんだ。「あいつらの命令に従わなけりゃ嫌がらせに遭う。当然と言えば当然か」

マリーノは後部ドアを開け、私の真後ろのシートの足もとを探った。紙がこすれる乾いた音が聞こえた。私のむき出しのももに蚊が止まる。平手で叩くと、小さな血の汚れが残った。ブリーフケースからティッシュペーパーのパックを取り出す。あと一枚しか残っていない。マリーノが助手席のウィンドウの前に立った。私はウィンドウを下ろした。

「ほらよ」マリーノは蓋のついたコーヒーのテイクアウト用紙カップを差し出した。ありがたいことに、エクストララージ・サイズだった。トイレットペーパーも一巻き。残りは半分以下になっている。

「あっち向いてて」私は十二歳の子供同士のように言った。

ウィンドウを閉じる。マリーノはスモークガラスに背を向けて立った。せまいスペースで数分かかってようやく用を足した。それから、グローブボックスを開けた。マリーノはいつも、赤いプラスチックのバイオハザード廃棄袋を几帳面《きちようめん》に折りたたんでそこに入れている。

「これ、どうしたらいい？」私は紙カップの処置に困ってドアを開けた。

「俺が始末してやるよ」マリーノが蓋を閉じた紙カップとバイオハザード廃棄袋を私の手から受け取った。「反則かもしれないが、誰も気づきやしないだろ」

マリーノはドライブウェイの縁まで行き、棘《とげ》のあるエイジュとツタウルシがもつれ合った茂みに近づいた。そこなら誰も近づかないだろう。蚊を手で追い払っていると、マリーノが処分している音が聞こえた。何が行われたか、張り番の制服警官たちも気づいていたかもしれないが、知らぬ顔をしていた。マリーノがトラックに戻ってきた。

「恩に着るわ」私はマリーノに言った。

「友達だろ」マリーノは空の紙カップと蓋を赤いプラスチック袋に入れた。

袋の口を縛り、とりあえず車のフロアに置いた。私は裸足《はだし》でトラックを降り、ブリーフケースを肩にかけた。湿った空気がライラックとジャスミンの香りを運んできた。雨に濡れた敷石はひんやりとしている。枯れ葉や羽虫の死骸が散らかっていた。どことなく不気味だった。胸が空っぽになったような感覚が走り、頭皮が粟立った。

「レイチェルがここを嫌ってたのもわかるな」マリーノはあたりを見回して眉をひそめた。「こうして見るかぎり、俺だってこんなところに長居したくない」

マリーノは密に茂ったクズやブドウを見ている。頭のなかがそのまま読み取れそうだった。私はあらかじめ警告したつもりだったが、ここまでの惨状とは想像していなかったのだろう。

「レイチェルはなんだってこんな幽霊の出そうな鬱蒼とした森のど真ん中に滞在しようと思ったのか、よくわからんな。まあ、わかりやすい理由があるわけだが」

「私もそう思う」水たまりにバッタの死骸がいくつも浮いていた。まるで溺死したかのようだ。

「ボーズ・フラグラーだな」

「こうして話せば話すほど、背景が浮かび上がってくる」私は言った。マリーノは私道入口の柱に巻きついたまま枯れたツタを目で追っている。

次に錆の浮いた巨大な蝶番《ちょうつがい》に目をこらした。かつて壮麗なゲートがあったところだ。黒い錬鉄のゲートには、青と金のチルトン家の紋章があしらわれていた。私が学生時代にアニーに誘われてたびたび訪れていたころは、柱の片方に磨き抜かれた真鍮《しんちゅう》のインターフォンが設置されていた。そのボタンを押すと、母屋でブザーが鳴る。あらかじめ約束していた客なら、ゲートが両腕を広げて歓迎するように開いた。そのゆっくりとした厳粛な動きを見て、私は感激したものだ。

ところがいまのチルトン農園には、人の心をとらえるもの、浮き立たせるものは何もない。アニーが実家に戻り、屋外照明の電球をすべて取り外して以来、鋳鉄の街灯が何かを明るく照らしたことは一度としてない。街灯柱のてっぺんの大きなランプは、悲しげな表情をした目のない顔のようだ。ガラスパネルの大半はひび割れたり、なくなったりしている。このドライブウェイは、陽が沈んでしまえばブラックホールのように真っ暗になる。

川からもやが流れてくるような日はとりわけ危険だ。よく晴れた日でも、歩くときは足もとに注意しなくてはならない。御影石《みかげいし》の路面はもう何年も高圧洗浄されていない。つるりとした川の石は濡れるとすべりやすい。苔《こけ》に覆われた石もある。石と石の隙間からは雑草が伸びている。ここがこれほど不気味に静まり返っているのは初めてだ。

私は青や黄の花を咲かせた多年草の茂みを注意深く見てみた。茂みを揺らす生き物はいない。濃い緑色の葉とレモンのような香りのする青白い花をつけたマグノリアの背の高い木立からも、生き物の気配は伝わってこなかった。鳥の歌は聞こえない。あわてて逃げていくリスもウサギもいない。シカなどの大きな動物が低木の茂みをすり抜けて逃げていくこともなかった。いつもなら広葉樹や常緑樹の高い枝にアカオノスリやハクトウワシがいるのに、やはり一羽《わ》も見えない。

自然が息をひそめているかのよう、何かを警戒して気配を殺しているかのようだ。聞こえるのは、木々の枝から滴《したた》る水の音と、私にたかってくる蚊のかすかな羽音だけだった。私は水たまりや植物の残骸や昆虫の死骸を避け、裸足で歩いた。

「何とかって名前の管理人はいつも何をしてるんだろうな」マリーノが言う。「何のために雇われてんだ？　だって庭の手入れや地所の維持管理じゃないのは確かだろ。何て名前だっけ？」

「ホルト・ウィラード」私はチョウの死骸に目をこらした。「アニーから頼まれた仕事をしてる。造園や庭仕事のためじゃないというのは当たってる。でも何十年も前からずっとここで雇われてる」

私は青とピンクのアジサイに近づいた。花がまったくついていない枝もある。真下の地面に茶色く枯れた葉が散らばっていて、まるで冬のようだ。

「さっきも話したとおり、アニーはここを自然のままにしておこうとしてるの。少なくとも本人はそう言ってる」私はマリーノに言った。

「けど、これは自然のままどころじゃない」マリーノは周囲にせわしなく目を走らせている。「ほとんど原生林だぜ。恐竜でも出てきそうだ」


マリーノは現場保全の黄色いテープや駐まっている警察車両に近づいた。曲がりくねりながら木立や茂みの奥へと延びている私道を目でたどり、ところどころ穴があいた濡れてすべりやすそうな煉瓦敷きの路面や水たまり、凸凹した坂道を見つめた。近くを歩き回りながら、煉瓦の門柱にはさまれた私道の入口周辺を観察している。

水たまりに浮かんでいるもの、ところどころに散らばっているものを見る。足を止めたりまた歩き出したりを繰り返し、地面に目をこらしている。門柱のてっぺんの石のフクロウがうつろな目で入口を見張っていた。

「俺の気のせいか？　それとも、何か奇怪なことが現に起きてるのか？」マリーノは、変色したツツジの根元で死んでいる数百匹のアリを指さす。

「車を降りた瞬間から、私も同じようなものに気づいていたわ」

マリーノはクモの死骸を凝視した。ほかにもホオジロスズメバチやキイロスズメバチ、ヒトリガ、テントウムシの死骸が散らばっている。死骸が集中しているのは、葉がまだらに茶色くなった植栽の下だった。一定のパターンで変色しているわけではない。そうなった理由になんとなく見当がついた。私道が車両進入禁止になっている理由にも。

「チルトン判事が殺虫剤を使わないってのは確かか？」マリーノが訊く。「管理人とか、ほかの誰かが使ってるってことはないか？　殺虫剤とか、ほかの毒物とか。害虫の駆除業者が薬品を散布したとか」

「まず考えられない。そんなこと、アニーが許すとは思えない。ただ、私がじかに見たわけじゃないから」

「強力な除草剤ってことも考えられるな。何らかの強力な化学薬品。放火の現場によくあるだろう、燃焼促進剤を撒《ま》いた痕跡。あれに似てるな」マリーノは忙しく歩き回りながら考えている。「ガソリンを撒いて放火した現場。似てる気がする」

「これは放火ではないし、放火未遂でもないと思う」私は、自分の推測が誤っていることを示す証拠を探してあたりを見回した。間違いでありますようにと祈るような気持ちだった。「何者かがチルトン農園を全焼させようとしたわけではないと思う」

「まあそうだな、ガソリンのにおいはしないものな。燃焼促進剤のにおいはしてない」マリーノはいよいよ張り詰めた声で言った。

「ここまで見たかぎりでは、変色している範囲とそうではない範囲があるみたい。ほとんどの被害は、昔は大きなゲートがあったこの門柱の周辺に集中してる。でも、ここに来るまでの連絡道路沿いではまったく気づかなかった。そこに車を駐めたときも」

「さっきの雷雨も怪しいな」マリーノはすっかり晴れ渡った空を見上げた。太陽は沈みかけていた。「嵐の前に雨宿りしそこねると、ハチやチョウが死ぬことがある。雹《ひょう》に当たられたら一発だ。フロリダに住んでたころ何度も見たよ」

「でも、ここは雨宿りできそうな葉陰だらけよ。ほとんどジャングルだもの」私はマリーノの背後の林を見つめた。ほとんど日が射さないのではないかというくらい鬱蒼としている。「それにほら、これとか、それとか」しおれたスイカズラや、ツツジの枯れて丸まった葉やしなびたピンク色の花を指さす。「雨のせいじゃないわよね」

「稲妻かも」マリーノが言う。

「または、稲妻に似た人工物」私は甲虫やマルハナバチの死骸を指し示した。

「全部嵐のせいだと思いたいな」

「この原因に関して、すごくいやな予感がしてる」ハチドリの死骸が転がっていた。

すぐ先に、さらに二つあった。

オウゴンヒワの死骸も。

「どういうことだよ」マリーノが不安げにあたりを見回す。

「証拠を集める容器が必要になりそう。プラスチックではなく、厚紙の箱がいい。一ダースもあれば足りるかしら」私たちはピックアップトラックの荷台側に戻った。「ピンセットと手袋も。あとは、小さな袋。ビニール袋ではなくて紙袋。何もかも濡れてるから。ラボに持ちこむ前に分解されてしまったらたいへん」

マリーノが荷台のカバーの鍵を開けた。頑丈な黒いプラケースがぎっしり並んでいる。まず最初に虫よけスプレーがほしいと私は言った。私は蚊に食われまくっているが、マリーノは私ほど切羽詰まっていない。血液型の違いで、マリーノより私のほうがおいしいのだ。それに膀胱の容量にしてもマリーノのほうが余裕がある。

「はいよ、虫よけスプレーね」マリーノはスプレーを探してプラケースを開け始めた。

荷台の上で重量物を動かしたり下ろしたりする大きな音が続いた。ようやくプラスチックの虫よけスプレーが掘り出された。マリーノはシャツを脱いだ。私道の入口の制服警官の視線を感じる。タホの車内で待機している警察犬ハンドラーも見ていた。

誰だってじろじろ見ずにはいられない。私もうっかりすると見てしまう。ドロシーがそばにいるときは命知らずな行為だ。

マリーノは体の大きさを保つことに執着している。私はマリーノのボディビルディングをそう呼んでいる。マリーノは調整と筋トレに明け暮れ、筋肉が映えるかどうかを基準に服を選ぶ。ドロシーが購入したポトマック川に面したタウンハウスには、アクションヒーローなみの鍛え上げられた体を作るための機器がひととおりそろっているし、ボクシングジムに通い、ジョギングと縄跳びを欠かさず、プロテインドリンクをがぶがぶ飲む。その甲斐《かい》あって肉体の年齢は実年齢の半分くらいだ。

本人はそれを喜んで見せびらかす。腕を曲げて筋肉を盛り上げる。いまもそうだ。注目を浴びると、胸を反らして歩き回る。そうしたくなる気持ちはわからないでもない。ビール腹を抱えていたマリーノ、車がファストフードの空き袋や煙草の吸い殻の埋め立て地のようだったマリーノは、忘却のかなたへ去ったのだ。

「目をつぶって息を止めろ」マリーノは虫よけスプレーのキャップを取る。

筋骨たくましい上半身裸のマリーノは、自分と私に虫よけを豪快にスプレーした。私はむせた。スプレーをマリーノの手から取り、ももや足にもスプレーした。マリーノはまたプラケースを開け始めた。

「予備はある？」私はスプレーを持ち上げた。

「あるよ。何本も常備してる。ドロシーもあんたと同じだから。蚊が一匹でもいれば、絶対に刺される」

「何かに手を触れる前にかならず手袋をしてね」私は言う。「虫よけ剤で証拠物件を汚染しないよう気をつけないと」

私は予備のスプレーをポケットに入れた。マリーノは黒いニトリル手袋をはめた。私も同じようにした。マリーノが厚紙の箱と紙袋、プラスチックのピンセットを差し出す。

「医療用マスクもお願い」私は付け加えた。「油性マーカーも」

「足もとに気をつけろよ。裸足でうっかり何か踏んづけて、針や棘が刺さったら一大事だ。牙とかな。カエルやトカゲのなかには毒を持ったやつもいるし」マリーノの警告の合間にプラケースの留め具が開く大きな音が鳴る。「たとえ死んでても、触らないに越したことはない」

「言われなくてもわかっているってば」私は言った。私が頼んだ品物をマリーノが手渡す。「タイベック素材のシューカバーはある？」

「ない。けど、その手のものなら、母屋に来てる市警が持ってるはずだ。フルーグが持ってきてるはずだよ」マリーノはまたプラケースのなかをあさり始めた。

「いま必要なのに」

「ほら。とりあえずそれで何とかするしかない」マリーノはフリーサイズの青い紙のシューカバーを差し出した。屋内の事件現場で使うためのもので、濡れることを前提に作られていない。裸足に使い捨てのヘアネットを履くようなもので、切り傷や打ち身から守ってはくれないだろう。ジガバチをうっかり踏んで刺されるような事態は防げない。それでも、世間でよく言うように、何もないよりはましか。

「俺なら履いとくよ」マリーノが言う。「母屋に行けば防護具くらいいくらでももらえる。現場用のテントやら何やらひととおりそろってるはずだ」

私は濡れて泥まみれになった自分の足を見下ろして迷った。

「心配するな。何枚でも履きつぶせ。一箱まるごと持ってきてるからな」マリーノは励ますように言った。

「次からかならず鑑識ケースを持って家を出ることにする」私はしかたなくシューカバーを履いた。何を踏んでもその感触がダイレクトに伝わってくる。

母屋に張られているはずのテントに着いたら、濡れて肌に張りついてくる服の上からタイベック素材のジャンプスーツを着ることになるのかと思うと、げんなりした。

マリーノと私が向かう先は母屋だと仮定しての話ではあるが。通行止めになった私道の入口で待つ私たちは、完全に放置されていた。

12

周辺に人の気配はなかった。いるのは制服警官四人だけだ。四人は低い声で話していたが、私が近づいてくるのに気づいて口を閉じた。

「あなたたちも同じかどうかわからないけれど、私は生きたまま食われてる気分」私は虫よけスプレーを差し出した。

「うわ、いいんですか」一人が驚いたように笑みを浮かべた。

「ありがたいな」

「すごい数で、そのうち持ち上げられちまうんじゃないかと思ってました」

「日焼け止めも入ってるの」私は言った。「よかったらあげるわ」

四人が虫よけをスプレーし、私は戦場のような虐殺の跡を見回した。小さな死骸が路面に散らばり、濁った水たまりに浮いている。大量のミミズもいるが、夕立の直後には珍しいことではない。肝心なのは、ミミズは死んでいないということだ。携帯電話で写真や動画を撮影しながら、レイチェル・スタンウィックが死んだのはおそらく鳥やハチと同時だったのだろうと考えた。

そのあと雨が降り、ミミズが地上に這い出てきた。生き物の命を奪ったものは、二時間ほど前に雷が鳴って土砂降りになったころにはもう、脅威ではなくなっていたのだ。私は続けて写真を撮りながら、かつて壮麗なゲートがあったところまで戻った。そこでしゃがみ、ピンセットを使ってテントウムシやトンボ、スズメの死骸を拾った。それぞれを紙箱に収める。制服警官は私のすることをじっと目で追っていた。

四人の視線を感じた。煉瓦の柱の周囲でしおれているスイカズラをよく観察した。近くのピンクノウゼンカズラは、葉も花もすべて落ちてしまっている。マリーノは燃焼促進剤を撒いた跡を連想すると言っていたが、たしかにそのとおりだ。ただしガソリンを撒いて放火したというより、誰かが火炎放射器であたりを焼き払ったような印象だった。とはいえ、焦げたようなにおいは残っていないし、黒く炭化した痕跡やすすなどもない。焼け焦げたもの、炎で焼かれたものはなかった。

悲しいコレクションを続けた。日付と時刻、採取場所、サンプルの種類を箱にじかに書く。連絡道路沿いを少し歩いたが、被害はないようだ。だいぶ前に車に轢かれたらしいカエルの死骸があっただけだ。きっと何日もたっている。ＳＵＶで待機中の警察犬ハンドラーは、無表情に私の作業を見守っていた。

「捜し物ですか、マアム？」アレクサンドリア市警の一人からとうとうそう尋ねられた。彼らの目に自分がどう映っていたか、私はこのとき初めて意識した。

ぐっしょり湿ったスカートスーツにシューカバー。医療用のマスクに黒い検査用手袋、箸のようにかまえたプラスチックのピンセット。腰をかがめて水たまりを見つめ、生け垣の下をのぞきこみ、茶に変色した茂みやしなびた葉をかき分けている。そしてか弱い生き物の死骸をつまみ上げては白い小さな棺《ひつぎ》に似た紙箱にそっと横たえている。

「被害を確認してるだけよ」私は説明した。「枯れた植物、死んだ昆虫や鳥」

「へえ」

「雷に打たれたんじゃないですかね」一人が言った。

私は車に戻った。シューカバーは濡れてもう役に立たない。マリーノは大型のキャリーケースを二つ路面に下ろし、収納式のハンドルを伸ばしている。

「ファビアンからメッセージが来た」

「やっと」私の気分が沈んでいる理由は一つだけではない。

いまの検屍局は〝バウンティ号の反乱〟を地で行くような有様《ありさま》だ。そのうえアニーの地所で憂慮すべき悲劇が起きた。

「最初の検問ポイントにいるらしくてな、文句たらたらだ。バンから降ろされたたから。警察犬の捜索を受けただの何だの、キレたふりしてる」

マリーノは鑑識用具が入ったキャリーケースを引き、黄色いテープが張られた私道入口に向かって歩きだした。

「ファビアンはその手のドラマチックな状況を喜ぶから」私は言った。「本人は喜んでなんかいないって言い張るだろうけれど」

「こっちに来たら、また降ろされて一からやり直しだって言ってやったよ。そのあとは俺たちの指示があるまでバンのなかでおとなしく待ってろとな」

私はトラックの後部ドアを開け、シートの上の弾丸の箱の隣に、たったいま集めてきた証拠物件が入った茶色い紙袋を置いた。

「できるだけ早くドクター・アルマーンドに届けなくちゃ」

マリーノが〝虫《バグ》の先生〟と呼ぶドクター・アルベール・アルマーンドは、ワシントンDCの国立自然史博物館に所属する昆虫学者だ。昆虫研究では世界有数の権威で、ほかに節足動物（ムカデやサソリ）、蛛形類《ちゆけいるい》節足動物（クモ）、甲殻類（カニやエビ）、珪藻など水生微生物にも詳しい。

ここ数ヵ月、私はエイプリル・テュー・ペローをめぐってアルベールと幾度となくやりとりしてきた。今日、ほんの数時間前にアルベールも法廷で証言したが、フラグラーは私のときと同じように証言の粗探しをし、専門家証人としての信頼性を攻撃した。アルベールと私は、連邦政府が設置した終末《ドゥームズディ》委員会の同僚委員でもある。アルベールに連絡するのはいつも何か教えてもらいたいことがあるときなのだが、今度の事件でもまたアルベールを質問攻《バグ》めにすることになりそうだ。

「誰かに明日の朝一番に国立自然史博物館に届けてもらうことにする。朝一番と言わず、早ければ早いほうがいいわ」私はマリーノに言った。「ファビアンに預けても大丈夫そうなら、彼に頼もうかしら。いまこの時点では大丈夫とは思えないけれど」

汚れた手袋を取り、ほかのごみと一緒にバイオハザード廃棄袋に入れた。シューカバーを新しいものに取り替える。マリーノはまた別のプラケースを開け、検屍局の紋章がついた乾いたポロシャツと、ウェストバンドに〈つねに備えよ〉という文字が入った高機能素材のブリーフを取り出した。そのブリーフを選んで買ったのが誰なのか、尋ねるまでもなく見当がつく。

ドロシーに決まっている。マリーノのことを〝トロフィー・ワイフ〔年配男性が地位や財力を背景に得た若く美しい妻〕〟ならぬ〝トロフィー・ハズバンド〟と呼んでいるドロシーが、いかにも選びそうな品だ。マリーノはポロシャツを着たあと、乾いたカーキ色のカーゴパンツとブリーフ、キャンプ用の携帯トイレを持って、車の向こう側に回った。銃と予備のマガジンを巨大なタイヤの上に置く。

「あっち向いててくれ」今度そう言うのはマリーノの番だった。それからできるだけ目立たないよう体を縮めた。

私はマリーノに背を向けた。そのとき、ルーシーの姿が見えて、驚いた。太いタイヤと内蔵ライトを備えたレーシンググリーンの電動自転車に乗っている。

一瞬、目の錯覚かと思った。ルーシーは母屋の方向から近づいてこようとしていたからだ。シエラ・ペイトロン、通称〝トロン〟もすぐ後ろにいる。二人はシークレットサービスのサイバー調査官で、パートナーを組んでいる。

「どういうことだよ！」マリーノが車の向こうから出てきた。ブーツの靴紐《くつひも》は解けたまま、カーゴパンツのファスナーも下りたままだ。「あの二人がなんでここにいる？」

「私だってびっくりしている」

ルーシーとトロンは軽やかに音もなくペダルを漕《こ》ぎ、A形バリケードのあいだをすり抜けた。そこで自転車を降りて黄色いテープの下をくぐり、そこからは自転車を押してこちらに来た。二人とも、ビンディングペダルに固定するクリートがついていない、足音のしないパシュートシューズを履いている。マリーノのピックアップトラックにそろって自転車をそっと立てかけた。

「車には傷つけないって約束する」ルーシーが真顔でマリーノに言った。

「なんでだよ」マリーノは、さまざまな理由から予想外のできごとを嫌う。「レイチェル・スタンウィックとシークレットサービスがいったいどう関係してるんだよ？　それともなんだ、たまたまこの近所でぶらぶら暇をつぶしてたのか？　事件があったって聞いて、ちょっとのぞいてみようと思ったのか？」

「ご機嫌いかがですか」トロンが笑みを浮かべてとぼける。

「なんでおまえらがいるんだよ」マリーノは、縄張りに侵入されたかのような態度で言い、着替えを再開した。「連邦の連中が来たって市警の奴らが文句たらたらだったが、まさかおまえたちだとは思わなかったよ」シークレットサービスが行動予定をあらかじめ自分に伝えないなんて侮辱だとでも言いたげだ。

「私たちはこの事件に関わっているただの連邦の、い、い、連邦の奴らではないんです。ほかの誰より深く関わっている連邦の、い、い、連邦の奴らなの」トロンはまたにこやかに微笑んだ。

「シークレットサービスにＦＢＩ。ほかに誰が来てる？」マリーノは夕方の空にそびえる四本の煙突のシルエットをにらみつけた。「なるほど、そういうことか。この暑いなか俺たちに足止めを食わせて、死んだ虫や何かを拾わせてるあいだ、おまえたちは現場を調べてたってわけだ」

「母屋に案内する道すがら、状況を簡単に説明します」誰がこの場を仕切っているのか――そしてそれに文句を言っても無駄だということも――トロンは遠回しに伝えようとしている。

「虫よけもスプレーしたし、持ち物も用意した。準備万端よね」ルーシーは二本指で自分の目を指した。その意味は考えるまでもない。

シークレットサービスは、隠しカメラを設置して農園の入口を監視しているのだ。カメラはほかにもあるのかもしれない。マリーノからトイレットペーパーを受け取ったところも見られていたのかと思うと、気が滅入《めい》った。マリーノが紙カップの中身を茂みに空けたところも見られただろう。マリーノはそのあと、着替えの前に用も足している。

ルーシーとトロンは、私たちがここに来て以来の行動のすべて、発言のすべてを遠くから見ていた。二人は監察医ではなく、検屍局の職員でもない。私と同じことを危惧してはいないし、急いでもいない。誰かが不慮の死を遂げようと、とくに現場が屋内にあって遺体の状態を心配せずにすむとき、捜査機関はそれ以外のことを優先する。

「それにしてもごめんなさい。ここまでは、お二人にさえ情報を伏せておかなくてはならなくて」トロンが謝罪の言葉を口にする。私たちはマリーノの車のそばで話を続けた。「ご不便をおかけしたでしょうね」トロンは申し訳なかったと心から思ってくれている。「できればお二人だけで周辺を見ていただきたかったということもあります。私たちがうろうろしていたら気が散るでしょうから。その理由はすでにお察しではないかと」

トロンは私に向けてそう言った。私がこれまでに目にしたものを手がかりにして二人と同じ結論に達したと推察しているのだ。私は昆虫や動物の死骸を見た。植栽の損害にも気づいた。私はそこから私なりの結論を導き出した——二人とまったく同じ結論を。ただし、私は誰の力も借りずにその結論に到達した。それは証明できる。私がここに来てからの言動はすべてリアルタイムで監視され、記録されていたのだから。

「あくまでも私たち四人だけの話として聞いてください」トロンは私道の入口を守っている制服警官にちらりと目をやった。「これからお話しする内容をあの人たちに知られるわけにはいかないので」

「その〝あの人たち〟にはFBIも含まれてるのか？」マリーノがいやみをこめて言った。「FBIにはどう話してる？」

「心配はご無用です」トロンはマリーノににらまれたくらいでは動じない。

気さくで礼儀正しいトロンは、相手の警戒心をたちまち解いてしまう。彫りの深い美しい顔は、見せ方しだいでエキゾチックな印象を与える。夫のベントンに言わせると、トロンは人の心をつかむのがうまく、いままさに屋上から飛び下りようとしている人にも自殺を思いとどまらせることができる。一方で、敵に回してはいけない人物でもある。その点ではルーシーも一緒だ。ルーシーはヘルメットを脱いで自転車のハンドルバーに引っかけた。ルーシーの顔はきりりとして美しい。

無造作なスタイルにしたマホガニー色の髪は乾いている。衣類や持ち物にも雨の跡はない。ルーシーとトロンがさっきの雷雨に遭った形跡はどこにもなかった。私はあのひどい渋滞を思い返した。大統領の車列がルートを変更したこと、幹線道路や主要な橋が通行止めになったことも。ストレッチ素材のウェアを着て、普段履きのスニーカーに見えなくもない黒い靴を履いた二人がどこで何をしていたのか、察しがついた。

幽霊退治《ゴーストバスティング》をしていたのだ。目に見えないものを追いかけていた。二人の外見からは誰も想像できないだろう。どう見ても、キャンプに備えて大荷物を背負った本格派のサイクリストだ。銃を携帯していて、危険で、人工知能《AI》搭載デバイスを身につけているようには見えない。自転車に取りつけられたサドルバッグには、折り畳み式《フォールディング》ストックのMP5短機関銃があるに違いないし、ウェストポーチには拳銃と予備のマガジンが入っているだろう。ほかにもまだ武器を持っているかもしれない。

大きなバックパックには、さまざまな周波数帯の無線信号を半径数キロの範囲で拾えるシグナル・アナライザーや無指向性アンテナが入っているだろう。いずれも衛星と関数を使って追跡されている。そのデータをはじめ各種の情報は、二人がかけているスポーツグラスに絶え間なく表示される。いまこの瞬間のレンズの色はグレーだった。

私も着けているスマートリングなどのウェアラブルデバイスは、アメリカ政府が維持管理している唯一のスタンドアローン型クラウドコンピューターと接続されている。実際に維持管理を任されているのはシークレットサービスで、サーバーは、ルーシーとトロンの拠点にもなっているメリーランド州南部のトレーニング施設に設置されている。二人は大半の時間をそのサイバーラボで過ごし、それ以外の時間はだいたい車や自転車で移動しているか、射撃訓練場にいる。市街地や大統領の車列、大統領専用機エアフォース・ワンの実物大模型を使って訓練を受けているのだ。

「シークレットサービスがなんでこの事件に関心を持つ？」マリーノはタイヤの上に

置いていた銃とマガジンを回収する。「気が向いたからってだけでシークレットサービスが出張るとは思えない」

「捜査権はシークレットサービスにある」ルーシーが答えた。

「おまえたちは母屋で俺たちを監視してたわけだろう。なのに、俺たちの電話には誰も出ねえってのはどういうわけだ」喧嘩腰で予備のマガジンをポケットに押しこむ。

「そのありがたい指示を出したのは誰だ？　おまえか」ルーシーをにらみつけた。

「そんなに怖い顔しないでよ、マリーノ」ルーシーが言う。

「いったい誰に呼ばれた？　何のために？　魔法の杖《つえ》で信号を追っかけるためか？」

マリーノは拳銃をカーゴパンツの背中側にはさんだ。

「呼ばれる必要はないの。あたしたちの事件だから」ルーシーはこともなげに答えた。

「FBIは？」マリーノは食い下がる。自分の立場が危うくなると、いつもそうだ。

「FBIもそのへんを嗅ぎ回ってるって話じゃないか。機動艇もヘリもFBIのだろう」

「いま来てる人員の大半はシークレットサービス」ルーシーが言う。「たとえば警察犬もそう」

白いタホにもハンドラーの服にも所属を示す印は何もついていない。シークレットサービスは、交差点や道端など公の場で注目を集めたくないからだ。組織名に〝シークレット〟とあるのはそのためだよ、とベントンはよく冗談を言うが、笑い飛ばすわけにはいかない。それは事実なのだから。シークレットサービスの使命は、何かが起きる前にひそかに脅威を排除することであり、何かが起きたあとに防弾チョッキを着た大勢の捜査官を現場に派遣することではない。

発生後ではまず遅すぎるのだ。悪事はすでに行われている。捜査機関は事後の始末をし、悪事を行った者に刑罰を科すが、破壊されたものは二度と元どおりにならない。そもそも未然に防ぐほうがいい。ただ、〝何事も起きなかった〟ではニュースにならず、視聴率にも反映されない。〝起きなかった何か〟を市民はたいてい知らないままになる。

「重要人物、機密を知る立場にある人たちには、これが国家の安全保障に関わる事件であるという報告がすでに行っています」シークレットサービスに捜査権がある理由をトロンが説明する。「この事件は、今日の午後発覚したアメリカ合衆国大統領の暗殺計画と関連しています」

「ほんとかよ」マリーノが訊き返す。「大統領の暗殺計画とレイチェル・スタンウィックやチルトン農園がいったいどう関係するんだよ？」

「同じ種類の高出力兵器が共通して使われてるの」ルーシーが言う。これまでに見たり集めたりした証拠に基づく私の推論は、やはり当たっていたのだ。「そこまでは裏づけがある」

「二つがどう関係しているのかはまだ何もわかっていません」トロンが付け加える。「関連していることは確かですが」

アイヴィ・ヒル墓地の近隣で高出力マイクロ波兵器が使用された。また、チルトン農園を含むこの一帯でも使われた。レイチェルは一人でキッチンにいたところを、殺傷の意図を持って襲われたのだろうと二人は考えている。

「目的は歴史的建造物を〝光線銃《レイガン》〟で破壊することではなかった」ルーシーが言う。「犯人は、レイチェルであれ誰であれ、そのとき母屋にいるであろう人物を殺害するつもりでこの農園に来た。裏庭からキッチンの窓を狙ってマイクロ波を照射した」

13

「犯人が母屋に立ち入った形跡はあるのか」マリーノが尋ねた。エンジンの低いうなりがかすかに聞こえている。高馬力の車両が複数台、こちらに近づいてきているようだ。

「ありません」トロンが答える。「屋内には入っていないようです」

「ヒット・エンド・ランって感じ」ルーシーが言う。「犯行後は即座に逃走してる」

「この種の事件では珍しくありません。車両に乗ったまま実行する例が大半です」トロンが言った。「犯人が徒歩で行き来した例はこれまでありませんでした。でも最近は、簡単に持ち運べる兵器が開発されているらしくて。恐ろしい話です」

「今日の午後、三時四十分から四時までのあいだに、この農園でマイクロ波が断続的に照射されてるの」ルーシーが話す。「その二十分間に、二・三〇五ギガヘルツの電波が検出された。この周波数はたいがいアマチュア無線に割り当てられるんだけど、ほとんど利用されてない」

ルーシーとトロンがこの不正な電波を最初に検出したのは、午後一時四十五分、通常どおり大統領の移動ルートの安全確認をしているさなかだった。暗殺を企てたテロリストは、自分たちが照射したマイクロ波が検出されるとは予想していなかっただろう。誰かがマイクロ波を探索するとはふつう思わないからだ。大統領は、週の初めに脳卒中で亡くなった元上院議員の葬儀に参列するはずだった。

「大統領の予定が発表されたのは、昨日の夜になってからでした」トロンが説明を続ける。「組織的な犯行の計画を立案する時間はほとんどなかったはずです。その種の電波が探索されているなんて予期していなかったでしょう。彼らはシグナル・アナライザーを背負ったシークレットサービス捜査官が巡回しているだろうとは思いもつかなかった。それが幸いしたわけです」

周波数二・三〇五ギガヘルツの電波が最初に検出されてから一時間ほどのち、同じ信号がふたたび検出された。複数地点のシグナル・アナライザーを用いて三角測量を行ったところ、その信号はレイヴン・ランディング周辺から速いサイクルで断続的に発せられていると判明した。

「この農園から一・五キロくらい手前の交差点まで追跡したところで、電波をとらえられなくなった」ルーシーが言う。「建物や樹木とか、障害物があると、電波が貫通しない場合があるから。天候も一つの要因だったかも」

まだ雷は鳴りだしていなかったが、空は黒雲で覆われかけていた。そのせいで電波が途絶したり弱くなったりすることはよくあるとルーシーは説明した。ルーシーとトロンが次に二・三〇五ギガヘルツの電波を検出したのは、およそ三十分後、三時四十分のことだった。このときは十分ほどにわたって断続的に続いた。発生地点はチルトン農園とレイヴン・ランディングに続く連絡道路周辺と判明した。

ルーシーとトロンは応援を要請し、いまは第一の検問ポイントが置かれている交差点で合流した。そこで自転車を車に積みこみ、川の方角に向かった。チルトン農園の入口まで来たところで、植物がまだらに枯れたりしおれたりしていることに気づいた。

「おばさんと同じものに気づいたわけ」ルーシーが私に向かって言う。大型車両のエンジン音はさっきより近づいてきていた。「それを見て、原因におよその察しがついた。これはきっとあたしたちが検出した異常なマイクロ波の被害だなと思ったの」

二人は銃を抜いて私道をたどり始めた。一歩ずつ安全を確認しながら進んだ。何者かが待ち伏せしていないともかぎらない。母屋に着くと、レイチェルの車が駐まっていた。

「キッチンの窓からなかをのぞいて、レイチェルの遺体を発見した」ルーシーが言った。そのとき、装甲車が二台、連絡道路に現れた。ディーゼルエンジンの低いうなりが空気を震わせている。アレクサンドリア市警の制服警官が装甲車をマリーノのピックアップトラックのすぐ後ろに誘導した。

「もうじき鑑識も来る。警察犬ユニットも」ルーシーが言う。

ヘリコプターのローターが空を切る音はまだ聞こえていたが、かなり遠ざかっていた。北の方角のどこかを飛んでいるようだ。ルーシーとトロンは、AIアシスト機能つきスポーツグラスの着色レンズに表示される最新情報を絶えずモニターし、私たちに伝えていた。シークレットサービスの装甲車二台から、防弾服で身を固めた制服部隊が降りてきて、私たちのほうを一瞥もせず、装備の収納ボックスを開け始めた。

「すげえな、侵略戦争でも始まるのか？」顔には出さないが、マリーノはすっかり感心している。

「敵の来襲に備えてのことです。ふだんどおりにやっていては、現場を保全すると同時に私たちの安全を守るのは無理そうですから。複数のことが同時に起きているので」

トロンはこのあと予想される事態を説明した。確かな筋によると、ギルバート・フック裁判の関係者のうち、裁判のなりゆきに不満を抱いた剣呑《けんのん》な人々の一部がこの農園に向かっている。その数は五十人ほどにもなりそうだ。もっと多いかもしれない。「完全武装の人も大勢います」トロンが言う。「日没と同時にここに集まる計画でいるみたい。レイヴン・ランディングとチルトン農園を襲って略奪しようと煽るような言動が飛び交っています。ここを堕落した特権的な農園と呼んだりして。あなたに向けた物騒な発言もいくつか含まれていました」最後の部分は私を見て付け加えた。

暴力に訴えかねないその集団のなかに、エイプリル・テューペローの母親もいる。泣いて法廷から逃げ出したナディーン・テューペローはいま、テレビ番組の取材を受けて私的制裁を煽っているという。そのナディーンに付き添っているのは、私を蹴飛ばしたあの男だ。思い出しただけで怒りがぶり返し、蹴られた足首がうずいた。

「FBIとシークレットサービスは、その集団を遠ざけておくためにレイヴン・ランディングを閉鎖したの」ルーシーが言う。私たちはまだマリーノの車のそばで話を続けている。「さっきおばさんたちが通過した検問ポイントの人員とバリケードも増える予定」

許可がないかぎり、陸、空、海のいずれからもこの一帯には入れない。犯罪歴やSNSでの発言を見れば、それだけの対策を取る理由に納得がいく。

「ネット上は煽るような投稿であふれかえっています。裁判は中止になるだろうとか、ギルバート・フックは無罪になるだろうとか」トロンが言う。「アニー・チルトンの妹の事件のせいでフックが自由の身になるとか。〈フック、無罪に？〉《オフ・ザ・フック》が〝本日の名言〟らしいですよ」

「判事が自らの不適格と審理無効を宣言するだろうって」ルーシーが要約した。

「アニーは何らかの声明を出したの？」私は尋ねた。「そういう趣旨の発言をしたということ？」

「いまのところ何も」ルーシーが答える。私はふいに心配になった。アニーはいまどこでどうしているだろう。

「よくある愚かしい陰謀論ですよ」トロンは例を挙げた――〝万事の背景に政治とお金がある〟〝社会制度が不正に操作されている〟。

私の心にのしかかっている不安はまだほかにもある。ボーズ・フラグラーとレイチエルは不倫関係にあったという噂を耳にしたと二人に伝えた。

「私たちもレイヴン・ランディングの警備員から同じ話を聞きました」トロンが言う。

トロンもルーシーも意外には思っていないらしい。私たち四人と連邦や市警の捜査官、警察犬ハンドラーをはじめ、私が見かけたり、ここにいると聞いたりした人々のほかに、誰が農園内にいるのかと私は尋ねた。要するに、レイチェルの遺体に近づいた人物がいるかどうかが知りたい。発見者は誰なのか、死亡を宣告したのは誰なのか、それが知りたかった。

「母屋にＦＢＩの捜査官が二人います。フルーグと市警の制服警官も二人。シークレットサービスからも三人。さっきお話しした、私たちが呼んだ応援です」トロンが説明した。

「みんな母屋の外にいる」ルーシーによれば、遺体には誰も手を触れていない。「テントが張ってあって、母屋の周辺は立入禁止になってる。証拠となる写真も撮影ずみ」

「ファビアンが来たら、バンを母屋前につけないといけない」マリーノが言う。「車や人をできるだけ入れたくないって事情はわかる。犯人はドライブウェイ周辺をうろうろした可能性があるだろうからな。けど、遺体を搬出しないわけにはいかない」

「搬出はいつごろになりそうですか」トロンが私に尋ねた。

「数時間の猶予はほしいわ」私は沈みかけた太陽を見やった。「外が暗くなるころね。武装した荒っぽい集団が到着するころ」

検屍局のバンが母屋前まで行けるよう、シークレットサービスが手はずを整えてくれることになった。ただし、遺体搬出の経過は厳重な監視下に置かれることになる。最大の懸念は爆発物だ。途中に複数設けられた検問ポイントで、不審物の有無を徹底的に点検する。

ドローンを飛ばしてバンのルーフに爆発装置を据えつけるようなことも、理屈の上では可能だ。木立から何者かが現れ、ゆっくりと進むバンに爆弾を取りつけるかもしれない。ベントンがいつも言うように、考えうる最悪のシナリオを想定し、それに備えるしかない。想定されたことはかならず起きるのだから。それどころか、すでに起きているかもしれないのだ。

「検問ポイントごとにバンを捜索することになる」ルーシーが続ける。「うちの捜査官の一人が乗りこんで、ファビアンと一緒に母屋まで行く。最後にもう一度、母屋前で警察犬が安全を確認する」

「ここで何が起きたか、私たちの考えを裏づける明らかな徴候にはもうお気づきですよね」トロンが私に言った。「まさにこの種の悪夢を予期して、終末委員会でも何度も議題に取り上げましたし」

国家有事戦略合同会議、通称〝終末《ドゥームズデイ》委員会〟は、ホワイトハウスが任命する委員からなる危機対策チームだ。ベントンと私もメンバーで、ほかにアルベール・アルマーンドやトロンといった専門家が顔をそろえている。少し前からルーシーも加わった。委員会の主目的は、捜査機関、軍、学術ほかさまざまな分野の第一人者をそろえ、地球上の生物に迫る重大な危険を予測し、その影響を軽減することだ。

もっとも危険な敵は、目に見えない。ウイルス、毒物、化学物質、ハッキングなどのサイバー攻撃。暴動や戦争、特定集団の虐殺を招くような偏見や誤った情報も含まれる。現時点で何より危惧されているのは、調理や携帯電話にも利用されている電磁エネルギーだ。同じエネルギーが非道な兵器にも転用可能なのだ。

マイクロ波発生装置や各種のアンテナ類は、簡単に入手できる。つまり、高エネルギー電波兵器は安上がりに自作できる。部品一つひとつの入手は合法で、ネットを探せば作り方の解説がいくらでも見つかる。これまでは車でなくては運べないサイズだった。しかし年を追うごとに小型化して、運搬が容易になってきている。

苛酷な〝光線銃〟兵器もやがては無線化され、携帯電話なみに簡単に充電できるようになるだろう。スタンガンのように腰に下げたり、『スター・トレック』の光線銃《フェイザー》のようにポケットに入れたりできるようになる。ありがたいことに、人類の技術はまだそこまで進んでいない。しかし、時間の問題だ。

「マイクロ波兵器の基本システムは、ごくふつうのキャリーケースに収まるサイズだろうと思う。大きめのバックパックでもいけそう。たとえばこういうもの」ルーシーは悪夢の筋書きの説明を続ける。「そのくらい小型のものも作れるはず」

マイクロ波発生装置を用意し、ありふれた八木《ヤギ》式アンテナに接続する。八木式アンテナとは、長い金属棒の先に、短い金属棒を平行に並べたノコギリエイのえらに似た形状のアンテナを取りつけたものだ。ガンバレル形アンテナを金属の円錐《えんすい》や導波管に差しこむ。できあがりは手作りのお粗末ならっぱ銃といった風情だ。実際に使用した動画を見たことがあるが、ダメージは相当なものだった。

私はマリーノの車に置いてある茶色い紙袋のことをルーシーとトロンに話した。私からお願いする前に、誰かに国立自然史博物館に届けさせようと二人のほうから申し出た。そうだった。シークレットサービスは監視カメラを設置しているのだ。ファビアンに証拠を届けてもらおうと話す私の声だって拾われている。

「うちや検屍局のラボではなく、外部の専門家に分析を依頼したほうがよさそうなものがあれば、私たちのほうで手配しますよ」トロンが言う。「検屍局の職員に預けるのは避けたいですし」

「ぜひお願いしたいわ」私は言った。「正直なところ、そう言ってもらってほっとしてる。うちの局がまたリーク元になるようなことは私も避けたいから」

「マギー・カットスロートに大事な情報は渡さないほうがいい」マリーノもうなずく。

トロンは茶に変色した生け垣や煉瓦の門柱にからみついた枯れたツタを見回す。

「何を探せばいいかわかってからこうして見ると、ほかの事例と似たダメージが目につきます」トロンは主にマリーノに向けて言った。

終末委員会でどんな問題が検討されているか、マリーノはほとんど知らない。そして、私が日々見聞きすることすべてをそのままマリーノに話すわけにはいかないことを不満に思っている。あらゆるディテールを共有するわけにはいかないのだ。近年、ワシントンDC周辺で高出力マイクロ波兵器が使用される事件が多発している。ホワイトハウス職員など政府の重要人物が建物を出て車に乗りこむわずかな隙を狙われる例が大半を占める。

一方で、住居の外壁越しに襲撃された事例もある。被害者の証言によれば、部屋が回転を始め、かちかちというような聞き慣れない音がして、強烈な苦痛が襲ってくる。電灯が点滅し、停電が起きる。放電が起き、金属製の物体は熱を持ち、わずかに磁気を帯びる。

被害者は、気づくと床の上や駐車場の地面に倒れている。自分は脳卒中を起こしたのだととっさに考える。

「攻撃の方法や場所にもよりますが、マイクロ波の通り道にあった植物が枯れ、昆虫や鳥は死んでしまうことがあるんです」トロンはいわゆる〝ハバナ症候群〟についてマリーノに解説する。

最初の被害は二〇一六年に報告された。キューバの首都ハバナで、カナダとアメリカの大使館職員が、爆発音に似た轟音など、複数の奇妙な音を聞いた。職員たちは強烈な痛み、めまい、視力障害を訴えた。回復不能な損傷が残ったと主張する人も多い。

申告されている被害の程度には幅があり、また症状も多岐にわたっていて、慢性の片頭痛、倦怠感《けんたいかん》、耳鳴り、難聴、不眠、認知障害などが含まれる。ハバナ症候群は当初、単なる思いこみだとか、集団ヒステリーなどほかの原因によるものとされ、真剣に取り上げられてこなかったが、いまはその認識も変わっている。私自身も医学的な証拠を調べたことがある。被害者の脳を撮影したMRI画像には、壊死《えし》や構造・接続性の変化などが現れていた。

アメリカ合衆国はもちろん、中国やロシアなども数十年前から指向性高出力兵器の開発に取り組んでいる。マイクロ波は電波の一種で、X線と同様、適切な防護をせずに人間に照射すれば、多大な損傷を与える。マイクロ波による攻撃と聞くと、SFのなかでUFOから光線が発射され、人類がマインドコントロールされるようなイメージが浮かぶ。百年以上前にH・G・ウェルズが書いた『宇宙戦争』にも〝殺人光線〟という架空の兵器が登場している。

この技術が現実のものとなり、一般の人々の手に渡る未来はかならず訪れる。〝マイクロ波銃〟を手作りするのは、クロックポット〔低温調理鍋〕とボールベアリングを使って即席爆弾《IED》を作るのと大差ない。3Dプリンターで九ミリ拳銃を製造するくらい簡単なことだ。ある日、隣家で恐ろしい兵器が作られていると知って驚くことになるかもしれない。子供が何に関心を持ち、どんな友達とつきあうかによっては、あなたの家の地下室が製造工場になるかもしれないのだ。

「これまでに集まっている情報から、今日の午後、墓地で予定されていた葬儀の最中に高出力マイクロ波兵器を使う計画だったと推測されてるの。テロリスト集団はおそらく、大統領の車列が到着して、高官たちが車から降りたところを攻撃するつもりでいた」未然に阻止された大統領暗殺計画について、ルーシーがそう説明した。

墓地周辺に複数のマイクロ波兵器が配置されており、合図とともに葬儀の参列者に向けて高出力マイクロ波を一斉に照射するはずだったと思われる。複数のショットガンを同時に発砲し、数百発の散弾を浴びせるのに似ている。死者が出るかもしれないし、標的の一部を負傷させるだけ――回復不能な脳障害を負わせるだけ――になるかもしれない。いずれにせよ、市民は震え上がるだろう。それがこの種の犯罪の目的だ。

「となると、俺が一番知りたいのは、標的にどこまで接近する必要があるのかだな」マリーノが言う。「きっとかなり遠くからでもいけるんだろう？　標的が犯人の接近に気づかないくらい遠くでも」

「断定はできません」トロンが言った。「軍が暴徒鎮圧に使う熱線銃の有効範囲は、通例、最低でも一千メートルあります。フットボール場十個分の距離です。ただ、今回はどんな兵器が使われたか正確にはわからないので、まだ何とも」

「発生装置やアンテナの大きさによるから」ルーシーが説明を加えた。「場所や天候にも影響されるしね」

14

空が完全に暗くなるまで、あと一時間もない。制服を着たシークレットサービスの面々は、MP5短機関銃をストラップで胸に抱き、何が起きようと即応できる態勢でいる。

鑑識チームの何人かは、大量の道具類をかついで私道の奥に消えていた。残りのメンバーは私道入口など主要地点にワイヤレス式補助ライトを設置し、手前の連絡道路の出口にオレンジ色の縞《しま》模様のA形バリケードを並べている。マリーノと私は車の傍らでその様子を見ながら、ルーシーとトロンの説明を聞いた。

「ドクター・スカーペッタが集めた昆虫と植物のサンプル、小動物の死骸ですが」トロンが私に向かって言う。「母屋の周辺にも散らばっています。数は向こうのほうが断然多いですが。それは母屋に行ってから見ていただくとして、犯人が車で来て最初に標的にしたのは、すぐそこのゲートでした」

トロンはしおれたツタがからみついた煉瓦の門柱を指さす。石のフクロウのうつろな目がこちらを見下ろしている。

「おそらく周辺に誰もいないタイミングでゲートを通り抜けた」ルーシーが事件の経過説明を続けた。「兵器の電源を入れて、門柱とその周辺に照射した。たぶん、車のウィンドウ越しに。そのあと私道に入った。三時四十分にあたしたちが検出した高出力のエネルギーは、十中八九それ」

「一発目がここだったのはなんでだ？　防犯カメラがあったからか？」マリーノは変色したツタをしげしげと見た。

「防犯カメラの類《たぐい》が設置されてるのは、ふつう入口周辺よね」ルーシーが言う。「犯人は電磁波で機器を破壊してから敷地に入った」

「さっきから単数形で話してるが、単独犯だってのは確かなのか」マリーノが訊いた。

「検出された兵器は一つだけなの」ルーシーが答える。「犯人はおそらく一人でここに来た」

「でも、本当のところはわかりません」トロンが言った。

犯人は母屋までそのまま車に乗っていったと思われる。表通りからは見えない母屋前で車を降り、歩いて裏庭に回って、キッチンに向けて二度目の照射をした。犯人が農園の敷地内に滞在していた時間は少なくとも二十分。おそらくそれより長くはなかったはずだ。

「カメラやなんかの監視装置をフライにしてやるつもりだったのかもしれないが、その事実一つ取っても、そいつがこの農園に関して何も知らなかったとわかる」マリーノが言った。私も同じことを考えていた。「チルトン判事やチルトン農園のことにちょっとでも詳しければ、判事がセキュリティに無関心だったことも知ってるはずだ。防犯カメラは一台も設置されてない。屋外の照明もちゃんと点《つ》くやつは一つもない」

「母屋の前まで車で行くなんて、思いきったことをしたものよね」私は指摘する。「自分のすぐ後ろから誰か来たりしないと、どうしてわかったのかしら。出入りするところを目撃されずにすむとどうして知っていたの？」

「私道でそいつの車を見かけても、誰も不思議に思わねえような存在なのかもな」マリーノが言った。きっと地所の管理人を念頭に置いた発言だ。

「だんだん大胆になって、より大きなリスクを冒すようになったのかも」ルーシーが私の視線をとらえた。「ベントンの意見も聞いてみて。今回の犯人に関する分析を話してくれると思う。酔っ払ったガンマンみたいに光線銃を撃ちまくるうちに、どんどん昂《たか》ぶっていった。植物や昆虫のダメージを見ればわかる。やりすぎもいいところよ」

「こんなに何度もマイクロ波を照射しているところを見ると、ファラデーケージか何か身に着けていたのかしら」私は尋ねた。「照射中にうっかり触れてしまったら、どうしたって自分の体にもマイクロ波が流れこんでしまうでしょう？」

「電磁波シールドグッズや布地を買ったのかもしれませんね。販売元をたどるのはそうむずかしくなさそうです。大量購入したのならなおさら」トロンが言う。「つねに目を光らせてはいますが、そういった動きはいまのところ把握されていません」

「この手の悪党は、目立たず身軽に動く」ルーシーが言った。「重たい甲冑《かっちゅう》で動き回るとは思えない。高圧送電線の近くで作業する人が着るような金属繊維の作業着も使わないだろうな。一瞬で着替えたりできないし、人目を引いちゃうから」

「そういう兵器がぶっ放《ぱな》されたら何が起きる？　音が聞こえたり、何か見えたりするのか」マリーノは少し怯えたような表情をしていた。

「マイクロ波が空中を伝わっても、何の音もしないし、何も見えない」ルーシーが答える。「すぐそばにいれば、マイクロ波発生装置の種類によってはモーターの作動音くらい聞こえるかもしれないけど」

「植物が枯れる瞬間に水蒸気が見えるかもしれません」トロンが付け加える。「もちろん、野生の動物への影響も目に見えます」

オブラートに包まれた表現だ。現実に何が起きるか、私はいやというほど知っている。

「電子レンジと基本的には同じよ。急速に放出されたエネルギーが物体を〝加熱〟するの」私は恐ろしいプロセスをそう要約してマリーノに伝えた。

「いやな死に方だな」マリーノが顔をしかめる。

「いい死に方なんてそうないわ」私は応じた。それからルーシーとトロンに、自転車でこの農園に着いた時刻を尋ねた。誰がどのタイミングでこの農園に来たのかが知りたかった。今回の事件にルーシーがどう関わっているのか、私のなかで疑問がふくらんでいた。

「現場に一番に到着したのは、私服の捜査官三名」ルーシーが答える。「その三人はいまも母屋にいる。あたしたちが要請して、ここで合流した三人」

「それは何時ごろ？」私はもう一度尋ねる。

「あたしたちが来たのは、いまから三時間半以上前」ルーシーが答える。「正確には午後四時二十分。もちろん、時刻や場所のような情報は記録で証明できる」

「私たちが持ち歩いたり身につけていたりする玩具のおかげ」トロンはたとえばこれというように、ヘッドアップディスプレイを内蔵したスポーツグラスやスマートリングを指し示す。「いつどこにいたか、どうやっても嘘はつけません。すべてコンピューターに記録されているんです」

「管理人が来たのは何時だ？」マリーノが訊いた。「遺体の発見者は管理人なんだろう？」

「違うよ。発見したのはトロンとあたし。でも、母屋に二人きりで近づいたりはしてない。一度もね。しつこいようだけど、それを証明できる記録がある」ルーシーは言った。「あたしたちは、のちのち問題になるようなことは何一つしてない」

二人がチルトン農園に到着したのは、レイチェルの遺体が発見される前、その死亡が発覚する前だった。

それからまもなく、雨が降りだした。ルーシーとトロンがまったく濡れていなかったのは、雨に当たっていないからだ。雷雨が到来したときには母屋のなかにいた。キッチンの遺体のそばにいたか、捜索すべきと判断した場所にいた。

そのとき何をしたか、二人の説明を聞いていると、頭上のどこからか聞こえていた甲高いモーター音が一気に大きくなった。私は目を上げた。木々のはるか上空にドローンが見えた。六本脚の巨大な昆虫ロボットといった風だ。燃えるような色をした空にその黒いシルエットが浮かんでいる。その作動音を除いてチルトン農園が静まり返っているのは、ジンバルカメラや超小型超音波装置など最新テクノロジーを搭載したドローンの存在があるからだ。

「ドローンには小型の駆除装置がついてるの」ルーシーが言う。「農園の各所で同じものが飛んでる」

その装置が発する超音波は小動物を追い払うのみで、殺すことはない。最大の懸念は猛禽類《もうきんるい》だ。タカやワシが急降下してきてドローンを捕らえようとするかもしれない。完全自動運転のドローンが壊れるのももちろん困るが、プロペラに接近しすぎた生物が怪我をしたり、命を落としたりするおそれもある。

「せっかくの優れものも、蚊は追っ払えないんだな」マリーノがいやみったらしく言った。

「超音波がかえって蚊を引き寄せてしまうかも」トロンがマリーノに言う。「どんなものにも欠点はあります」

「いくつかの地点にドローンを飛ばして、抗議グループやほかの脅威になりかねない集団を監視してる」ルーシーは言った。上空に見えていた一機は向きを変え、木立を越えて夕陽の方角へと遠ざかった。「ここと川のあいだの林も捜索してる」

「攻撃対象は誰だったんだと思う？」マリーノが訊く。私道の入口で動きがあり、マリーノは市警の警官たちのほうを気にしていた。

「狙われたのはレイチェルだと考えています」トロンが答えるが、マリーノは上の空だ。

市警を手伝いたくてしかたがないのだ。無駄話をして、彼らの一員のようにふるまいたいのだ。それに、ルーシーから指図されるのも気に入らないのだろう。立場が逆だと感じ、承服できないと思っている。マリーノは助手席側のドアを開け、フロアに手を伸ばして、口を縛った赤いバイオハザード廃棄袋を取った。

「フルーグはどうしてる？　おまえたちに事件をかっさらわれたようなものだろ」マリーノはトイレットペーパーも拾い上げた。

「あたしたちの指示に従ってくれてる」ルーシーが答える。「検屍局とマリーノに直接連絡してくれた。マギーのでたらめは右から左に聞き流してね。マギーのほうはフルーグを脅して言うことを聞かせたつもりでいるだろうけど、そんなことはまるでないの。フルーグはあたしたちが頼んだとおりにしてくれてる」

「なら安心だ。マギーに取りこまれてたら、クリスマスにプレゼントを買う相手のリストからフルーグの名前を消さなきゃならなかった」マリーノは車の後ろ側に回った。「これで状況がわかったな。フルーグは連邦側の指示に従ってるんだろうとは思ってたが、実際そうだったわけだ。フルーグは悪くなかった」

マリーノはフルーグが自分を軽んじているわけではないとわかって安堵《あんど》し、喜んでいるのだ。バイオハザード廃棄袋とトイレットペーパーを荷台に置き、テールゲートを閉じてロックした。

「このあとはどう進めていく？」私は尋ねる。「複数の捜査機関の捜査官からあれこれ言われていたら、やりにくくてしかたがないわ。これから私がすることは見世物でもないし」

「ルーシーと私とやりとりしてください。もちろん、ベントンやほかのシークレットサービスの捜査官とも」

市警の車両の前に無印の白いバンが駐まった。ドアが開き、シークレットサービスの捜査官が六名降りてきた。背中に黄色の文字で〈鑑識〉とプリントされた黒い作業服を着ている。このあとまもなくＦＢＩの捜査官も大挙してやってくるはずだという。

「制御と均衡〔政府の各組織の活動範囲に制限を加え、権力の集中を防ぐ原則〕です」トロンが言う。「テロが疑われる場合は、かならずＦＢＩも関与しなくてはならない」

「その前に必要な証拠を集めておいてね」ルーシーは緑色の目でまっすぐに私を見た。「あたしたちはもう集めたし、このあともまだ集める。ＦＢＩの鑑識が来たら最後、こっちは何もできなくなるから」

白いタホがまた一台到着し、シークレットサービスの警察犬ハンドラーが降りた。見覚えのある顔だった。訓練動画で見たのかもしれない。たぶん、動画のなかで訓練用の防護スーツを着ていた一人だ。ハンドラーはロープ形の犬の玩具を手に、リードにつながれたすらりとした茶色いマリノワシェパードを従えて、通りを渡った。

「うちのチームと話をしたほうがよさそう」トロンが言った。「母屋まで案内して、状況を説明しなくては」

トロンは自分の自転車を起こし、同僚が集合している地点まで押していった。挨拶を交わし、警察犬のハンドラーと言葉を交わす。犬はロープに飛びついて遊びをせがんでいる。その様子を見て、マリーノが犬を飼って訓練してみたいといつも言っていることを思い出した。

「いつかまた犬を飼いたいな」マリーノは犬から目を離せずにいる。「クインシーって名前にしよう。前にいた犬と同じ名前でもかまわないよな。二頭同時に同じ名前で呼ぶなら問題かもしれないが」

「行ってもかまわないのよ」私は促す。「またあとで合流しましょう」

「そうだな。内部情報の収集といくか」マリーノは言った。「あんたの分の防護服ももらっておくよ。まともなシューカバーもな」ただおしゃべりがしたいだけではないと思わせたいのだろう。

マリーノは、鑑識キットが入ったキャリーケース二つのハンドルを握り、トロンや彼女の同僚のあとを急ぎ足で追いかけた。キャリーケースはマリーノの背後で不安定に揺れ、キャスターが大きな音を立てた。太いプラスチックのキャスターはそれぞれ別の方向に行きたいらしく、大きく跳ねたりぐるりと回ったり、古びた敷石の隙間にはまりこんだりした。

「ちくしょう！」

ケースの一方が鈍い音を立ててひっくり返った。マリーノが引っ張って向きを直す。

「言うことを聞けって！」

ケースがまたひっくり返る。今度は二つ同時だ。ひとしきり悪態をついたあと、マリーノはあきらめたように、それぞれ十五キロはありそうなキャリーケースを軽々と持ち上げた。小走りにほかの人たちを追いかけていく。

「ケイおばさんの衣装の不具合を解決してあげられるかも。ほんの一部だけど」ルーシーは仕事仲間の前では決して私を〝ケイおばさん〟と呼ばない。

バックパックの仕切りのファスナーを開け、スニーカーを取り出す。丸めたソックスが押しこまれている。

「自転車用の靴じゃちょっと気まずい場所に行かなくちゃならなくなったときに備えて、いつも持ってるの」ルーシーが言う。「靴が濡れちゃうときもあるし」

幸い、靴のサイズは、ルーシーのほうがわずかに大きいだけで、ほとんど同じだ。私はマリーノのピックアップトラックのランニングボードに腰かけてソックスと靴を履いた。

「アニーの家は停電してる。エアコンも何も動かないってこと」

「それは不便ね」私は言う。「でも、マイクロ波兵器を照射されたんだから、当然と言えば当然」

「小型の発電機を持ってきて、屋内に補助ライトを設置してある。作業はあたしがやった」

「アニーはよそに泊まってもらわないと。どう考えてもここは危険だもの」

ルーシーがバックパックを背負い直し、私たちはそろって私道を歩きだした。

「ベントンと話してたんだけど、今夜はうちに来てもらおうよ。しばらくいてもらえばいい」ルーシーが言った。

アニーが心配で、私もまったく同じことを考えていた。うちに来てもらえば安全だからとルーシーは言った。私たちは濡れたり割れたりした敷石に用心しながら歩いた。

「アニーを傷つけようとしてる危ない人が大勢いる。ケイおばさんを狙ってる人も同じくらい大勢いる」ルーシーは私たちに危険が迫っているとまたも警告した。

影が濃くなるなか、私たちは自転車の車輪が回転する小さなかちかちという音とともに私道をたどった。私はアニーにメッセージを送り、今夜は私の家に泊まってほしいと伝えた。アニーが物心ついたときから見知っている管理人のことを思い出し、除外の目的でホルト・ウィラードのDNAを採取する必要がありそうだとルーシーに話した。

「遺体に手を触れていなくても、ふだんから母屋に出入りしているでしょうから」私は説明を加える。「あちこちにDNAが付着しているはず」

「もう採取した」ルーシーが言う。「管理人は、レイチェルとの約束どおり、五時ちょうどに来た。そのときレイチェルはもう死んでたし、あたしたちが来てからしばらく時間がたってた。農園の入口で捜査官の一人が気づいて、足止めした。ホルト・ウィラードは母屋には一度も行ってない」

「何が起きたか知っていて来たのかしら」

「それまでは何も知らなかった。でもその時点で、何か重大なことが起きたと察した」ルーシーが言った。私道のカーブの先からシークレットサービスの鑑識チームの一人が現れ、急ぎ足でこちらに来た。

15

年かさの男性だった。灰色の髪は短めに刈りこまれ、顔立ちは厳《いか》めしい。軍用らしい黒いヘキサコプターを手にしていた。さっき上空を飛んでいたドローンと同じものかどうかはわからない。しかし、きっとそうだろう。

「何か問題でも?」自転車を押して歩いていたルーシーが足を止めた。

「離陸に失敗してね」シークレットサービスの捜査官が答える。

「それは困りましたね」ルーシーは壊れたプロペラを調べた。

「モーターの回転が安定しなくて、右スティックの入力に適正に反応しなかった」

「とすると、今回もピクスホーク・ソフトウエアの不具合ですね」ルーシーが言う。

男性は怪我をした小鳥か何かのようにドローンを持って歩き去った。

「最低でも四機飛んでるはず」ルーシーが私に言う。「ライブ映像が三種類しか届かない理由がこれでわかった」

ここからは飛行中のドローンは一つも見えないが、私はルーシーがかけているAI搭載スポーツグラスを改めて意識した。私道が暗くなるにつれ、レンズの色は透明に変化していた。ヘッドアップディスプレイに表示される情報には、ここから視認できないドローンが送ってくる映像も含まれている。私たちはまた歩き始めた。

ルーシーの説明によると、天候の回復を待ってようやくドローンを飛ばした。シークレットサービスはドローンを使ってチルトン農園とレイヴン・ランディングを上空から監視している。今夜、陪審員が隔離されているオールド・タウン・マリオット・ホテル近くの教会に付設の駐車場周辺にもドローンが派遣され、そこに集まった抗議グループの動向を偵察している。

「ドローンのカメラはいろんなものにズームインできる。たとえば車のナンバープレート」ルーシーは、花粉が浮いて淡い黄緑色に輝く水たまりをよけて自転車を押す。「顔認識が可能な場合もある」

「管理人と話したとき」――私はまたその話題を持ち出す――「何か重要な証言はあった？　最近になってふだんと違うことに気づいたとか」

「とくに何も知らないみたいだった」ルーシーが言う。「心底震え上がって、ずっと泣いてた。うちのバンに乗せて、トロンとあたしで短時間だけ事情を聴いて、そのあと家に帰らせた。管理人は今回の事件とは関係ないと断言できそう。犯人一味と――国内テロ組織とつながりがあるのでもないかぎり」

「ホルト・ウィラードはこの地所を隅々まで知っているはずよね。ゲート周辺の異変にさすがに気づいたんじゃない？　あなたも気づいたわけだから」私は言った。「私道の入口で足止めされたとしても、私たちが目を留めた異変の少なくとも一部には気づいたんじゃないかしら」

「管理人は何も言わなかったし、こっちもその話はしなかったよ」

「レイチェルと何の用事で会う約束をしていたのかは聞けた？　本当に約束していたとして、その証拠は確認できたの？」

「キッチン脇のパントリーに電灯があるんだけど」ルーシーが答える。「脚立に乗らないと電球を交換できないの」

電球を取り替えてほしいと頼まれていたのだという。ホルト・ウィラードは、今朝早く、レイチェルから電球が切れたというメッセージが届いて以降のやりとりを、その裏づけとしてルーシーとトロンに見せた。レイチェルは〈午後五時ちょうど〉に母屋に来てほしい、〈仕事が山ほどたまっているから〉長居はしないでくれと伝えていた。

「お願いしますとか、ありがとうとか、そういうことはめったに口にしなかったみたいね」ルーシーは付け加える。「でも、この前、酒屋さんでちょっと会っただけで、そういう人なんだろうとわかった。おばさんも覚えてると思うけど」

「ホルト・ウィラードは約束どおり五時に農園に来た。その時点でレイチェルはもう死んでいた」私は言った。「知りたいのは、それ以前のこと。管理人は、今日のもっと早い時間には来ていなかったの？　レイチェルが仕事をしていたはずの時間帯に」

「仕事の邪魔になるから今日は来ないでってレイチェルから言われてたんだって」ルーシーが言う。「一人で静かに仕事をしたいからって。少なくとも建前ではね。管理人によると、農園には来ないでって言われたことは、これまでにもたびたびあった。家で仕事をする予定だから来ないでって」

「表向きは仕事をしてることになっていた。ただ、レイチェルが外出せずにいた理由は本当に仕事だったのかしら」私はボーズ・フラグラーのことを考えていた。「レイチェルが仮住まいするようになって以来、そういうことが何度あったか、ホルトは話してた？」

「以前は週に一度くらいって言ってた。最近はそこまで多くなかったそうだけど」

「最近というのはきっと、フック裁判が始まって以降のことね」私は言った。「フラグラーがこっそりレイチェルに会いに通っていたのだとしても、ここ数週間は裁判で忙しくて、そうそう来ていられなかったはず。レイチェルが今日、家にこもっていた理由は何？　本当の理由は何だったのかしら」

「管理人の話だと、独立記念日の週末前だから、レイチェルは渋滞を心配してたみたい。見せてもらったメッセージのやりとりでは、たしかにそんな感じだった」

「フラグラーと密会の予定があったから家にいたとは考えられない」私は言った。

「公判の様子はテレビで生中継されていたから、裁判で忙しいことはレイチェルも知っていたはずよね」

高出力マイクロ波兵器を携えた何者かがチルトン農園を攻撃していたまさにそのころ、フラグラーは証人として喚ばれた私を法廷で責め立てていた。

「ボーズ・フラグラーが別々の場所に同時に存在できるのでもないかぎり、ここには来ていなかったことになる」私はそう付け加えた。カシの老木が私道の上に枝を広げている。まるで大聖堂の丸天井のようだ。

背の高い煙突の向こうで夕陽が燃えていた。以前はここまで鬱蒼としていなかったから、もっと遠くまで見渡せた。自転車を押して歩くルーシーの顔を汗の粒が伝っている。気温はまだ三十度近くあるが、風は少し涼しくなっていた。

「あなたやトロンは、九一一に通報したり、救急車を要請したりはしなかったんでしょう」私は訊いた。

「してない」

「フルーグはどうして事件を知ったの？」

「あたしが連絡したから」

「キッチンの床で死んでいるのはレイチェル・スタンウィックで間違いないのね？」

「間違いない」

「死亡を確認したのは誰？」私はずっと気になっていたことを尋ねた。

「あたし」ルーシーが答える。「手袋とマスクを着けてから近づいた。死んでるのはすぐにわかった。心拍なし。呼吸なし。瞳孔は散大したままだった」

現場で何をしたか、しなかったか、ルーシーが詳細に説明した。私は事件現場や遺体を扱った経験が豊かな捜査官や監察医から説明を受けるときと同じ客観的な態度を心がけた。ただし、たいがいの捜査官や監察医より、ルーシーのほうが知識が豊富だ。子供のころのルーシーの〝社会見学〟の行き先には私が働く検屍局が含まれていた。ルーシーが来ると、私は図書室に連れていった。しかしルーシーは、医学や科学の文献にはすぐに飽きた。

そして子供には不適切な資料をあさった。検死解剖の研修ビデオ、パソコンに入力されるのを待っている案件の記録。マリーノがまだリッチモンド市警殺人課の刑事だったころは助手席に乗ってどこへでもついていった。そういうことには決して飽きなかった。ふつうの子供が決して目にしないものをたくさん見た。

「キッチンの窓から遺体が見えたの」ルーシーが続ける。「発見から数分後に屋内に入って遺体を確認した。死亡からさほど時間はたっていなかった。シグナル・アナライザーが複数回マイクロ波を検出したのは、三時四十分から四時のあいだだから、確かだと思う」

「今回は死亡時刻の推定は簡単でしょうね」私は言う。「厄介なのは、それ以外のことよ」

また一つカーブを抜けると、母屋がすぐそこに見えてきた。二階建ての左右対称になった箱形の建物と急勾配のスレートタイルの屋根は、ジョージ王朝様式の典型だ。建物の大きさに対して煙突が不釣り合いに高いところは、以前と変わっていない。若いころ何度も訪れたときの記憶が蘇った。アニーの邸宅は桁違いに壮大だった。ところがいまはくたびれ果て、手入れもされず、荒廃への道を一直線にたどっている。煉瓦の外壁は艶やかな緑色のうろこのようなツタで屋根窓のすぐ下まで覆い尽くされていた。このまま行けばいつか屋根まで占領されてしまいそうだ。煉瓦とモルタルは根っこに侵食されてひび割れている。そろそろツタをどうにかしなくては、邸宅そのものが崩れ落ちるのではと心配になる。アニーが何の対策もせずにいるせいで、母屋は農園のほかのものと同じように荒れて手の施しようがない。

玄関前に駐まっている車はレイチェルの真っ赤なメルセデスＡＭＧ‐ＧＴ一台だけだ。流線形の二人乗りオープンカーは、パイロンに結びつけた黄色いテープで囲われていた。そのそばにシークレットサービスの鑑識チームが張った簡易テントがある。キャリーケースやバッグから鑑識用具、防護服、鑑識標識などを取り出し、屋内に入る許可が出ると同時に鑑識作業を始められるよう準備に余念がない。

許可が出るのは、遺体が運び出され、検屍局に向けて出発したあと、そしてマリーノと私が必要な証拠集めを終えたあとになる。私は黄色いテープで囲われたスポーツカーの前で足を止めた。雨粒がビーズのように散り、木の葉や花びらがくっついている。腰をかがめて車内をのぞく。シートは黒革張りで、赤いダイヤモンドステッチが施されていた。レイチェルはまめに車内の掃除をするたちではなかったようだ。

運転席側のフロアマットは土や植物の破片、食べかすで汚れている。食べかすはコンソールや助手席の座面にも散らばっていた。テイクアウトの食事を買って車内で食べるのが習慣だったのだろうか。フロントガラスの左上隅に接着剤の名残がこびりついている。ステッカー式の駐車許可証を剥がした跡だろう。ＣＩＡラングリー本部の駐車場のものかもしれない。

電子機器など車内を調べたのは、シークレットサービスだけではないだろう。私は不安に駆られ、何者かの視線を感じたように思って、あたりを見回した。

「ナビの履歴はもう見た」ルーシーが言った。「最後に目的地が設定されたのは先週の土曜日、六月二十五日の午後七時少し前だった。レイチェル本人か別の誰かがワシントンDCのある番地を入力した。おばさんやベントンやあたしがよく知ってる場所の番地」

その日、このメルセデスは、経由するルートにもよるが、ここから十二キロほど離れた海軍工廠《こうしょう》に行った。そして情報コミュニティや海軍上層部の人々が通うモリーズ・アンダーグラウンド近くに午前零時まで駐まっていた。南北戦争時代の鋳造場を改装した建物のなかにある食事もできるバーで、秘密結社の集会場といった雰囲気だ。

料理とお酒がおいしいことはもちろん、カラオケ大会が盛り上がることでも有名で、近隣で開催されるコンサートの出演者が飛び入り参加することもある。少し前にはポーラ・アブドゥルが、その前はシンディ・ローパーが来た。そうやって意外な人物がふらりとステージに上がってマイクを握ることがあるのだ。

ベントンと私は、国防総省《ペンタゴン》で会議に出席した帰りなどによくその店に寄って、ランチやディナーを食べる。経営者のモリー・ガナーの手が空いていれば、おしゃべりをすることもある。モリーの夫、米国宇宙軍司令官ジェイク・ガナーとベントンや私は、終末委員会の同僚でもある。いまは四人で友人づきあいをしている。

「レイチェルがあの店の常連だとしても意外ではないわ」私は言い、ルーシーと一緒にメルセデスのそばを離れた。「常連客にはＣＩＡの職員も多いから。知りたいのは、レイチェルが誰と会っていたか。レイチェルの車に一緒に乗っていた人がいるなら、いったい誰なのか」

テント前でブレイズ・フルーグとアレクサンドリア市警の制服警官二名が待っている。私はちょっと話をさせてとルーシーに頼んだ。

「すぐ戻るから」フルーグと二人きりで話したいのだと断った。

フルーグは、マリーノが愛用しているようなミラー加工のレイバンのサングラスをかけている。カーゴパンツとポロシャツという服装で、黒髪は短い。しばらく会っていなかったが、マリーノをコーチとして筋力トレーニングに励んでいた。外見こそたくましいが、内心はいま、不安でいっぱいに違いない。

「どんな状況ですか、局長」フルーグはにこりともせずに言った。制服警官二名は、私たちが気兼ねなく話せるよう、少し離れたところに移動した。

「いろいろと込み入ってる。わざわざ言うまでもないだろうけれど」私はミラー加工のサングラスに向かって言った。「今日は異様で思いがけないことばかり続いてる。きっとあなたもそうでしょうね。攻撃をうまくかわしてくれていると聞いた」

「私にお手伝いできることがあれば、いつでもおっしゃってください」フルーグが言う。「アレクサンドリア市警は捜査から締め出されちゃいましたけど。刑事になって初めての事件でいきなり降格されるなんて、ひどすぎる」

「降格されたわけではないし、あなたに責任があるわけでもない」

「ともかく、私はここにいますから」フルーグが言う。「局長もマリーノも、手が足りないときはいつでも呼んでください」

「あなたはもう十分やってくれてる」私は励ますように言った。フルーグが喜んでいるのがわかる。「あなたがマリーノと私に知らせてくれてよかったわ。ありがとう」

「マギーは私を都合よく利用したつもりでいるでしょうけど、マギーとドクター・レディに天罰が下ったってところかな」フルーグはサングラスをはずした。警戒を解いたのだ。「市警じゃなくて、シークレットサービスが捜査を担当するわけですから。

しかもマギーはそのことを知らなかった。どのみち私はマギーの言いなりになるつもりはありませんでした。局長やマリーノを現場に立ち入らせるなっていきなり指図してきたんですけどね」

「単なる脅しかと思っていたけれど、本当にあなたにそう言ったのね。そうわかって、よかったような、悪かったような」

「ええ、本当にそう言ってきました」フルーグが言う。「ちなみに、この件は州の偉い人たちの耳にも入っているはずです」

フルーグには有力な友人がいる。フルーグとつきあっていれば、友人が多いことは誰でも気づくだろう。しかもフルーグは何にでも首をつっこんでいくたちだ。リッチモンド出身のフルーグは、ある幼なじみの話をした。エコーという名の女性で、現在は州知事公邸の料理長を務めている。今夜の晩餐会《ばんさんかい》のメイン料理は、ビーフウェリントンのアスパラガス添え。出席者は六名だ。

「デア州知事のゲストの一人はエルヴィン・レディでした」フルーグはサングラスを頭のてっぺんに載せた。「それだけ言えば、あとはもうおわかりですよね」

「何がおわかりなの？」ルーシーが近づいてきた。釣り道具入れほどのサイズの黒いプラケースを抱えている。

「いつもの話です。エルヴィン・レディやマギーの根性がどれほど腐ってるか」フルーグが言った。マギーが聞いたら卒倒するだろう。

「たしかに腐りきってる」ルーシーが言った。「だけど、いまはそれどころじゃない。抗議グループが教会の駐車場を車で出発しようとしてるの。車の数はいまのところ十八台。少なくとも五十人が武装してる。ウィンドウから南部連合旗を掲げてる車もある」

〈エイプリルに正義を〉運動の規模や危険度は短時間で拡大したとルーシーは説明した。暴徒と化すのではと当局も警戒しているという。日没直後に第一の検問ポイントに到達すると見られている。

「だからやめておけばよかったのに」フルーグが言った。「フック裁判の裁判地がアレクサンドリアに変更されたときから思ってましたよ。トロイの木馬を裏庭に入れるようなものだって。絶対反対でしたよ。だって、裁判所はほかにもあるでしょう？ロアノーク、シャーロッツヴィル。いっそリッチモンドでもいい。なのに、どうして毎日が大渋滞のアレクサンドリアが選ばれたのか。ワシントンDCのすぐ隣の市に物騒な集団をわざわざ招くなんて。やめときなさいよとしか言えない。私の意見なんて誰も聞きたくないでしょうけど」

「市警は農園の周辺の警戒に当たってもらえるとありがたいな」ルーシーは友人や同志に頼むような口調で言った。「ここはうちが責任を持つから。ゲート前の応援に行ってもらえるとうれしい。すごく助かる。人が多ければ多いほど心強いし」

フルーグや市警の警察官の存在を尊重していると、ルーシーなりに敬意をこめて伝えているのだ。市警の助力をありがたく思っている。ただしいまは邪魔をしないでほしいと言っている。フルーグは無言でうなずいた。何かの役に立てることを心底喜んでいるようだった。ルーシーと私は、抗菌素材の保護ケースに携帯電話を入れた。手袋をはめる。

「フルーグにはどこまで見せた？」フルーグが遠ざかるのを待って、私はルーシーに訊いた。

「これからおばさんに見せようと思ってるものは全部見せた。ただ、意味はわかってないと思う」ルーシーが答える。「犯人が奥にひそんでたと思われる茂みは見せたけど、昆虫の死骸や枯れた植物の話には触れなかった。フルーグや市警は、さっきの雷雨が原因だろうと思ってるんじゃないかな」

「市警はここで何が起きたと考えている？　レイチェル・スタンウィックの死の原因についてフルーグはどう思っているの？」

「犯人はどこかに隠れてて、レイチェルに勝手口を開けさせたと考えてる。犯人はレイチェルの顔見知りで、ストーキングしてたんだろうって。別居中の夫とか。その誰かはレイチェルを殺したあと、現場に手を加えて性的暴行や強盗に見せかけたと考えてる」

私たちは石敷きの小道をたどった。濡れた石はすべりやすい。足もとに注意して歩く。小道は家の裏手に続いていた。左手には鬱蒼とした木立が広がっている。ルーシーと私はそれぞれマスクを着けた。

「一応の筋は通っている」私は言った。「でも、どんな証拠に基づいてそう考えてるわけ？」

「フルーグたちはキッチンの窓からなかをのぞいただけだから、証拠の解釈を誤ってるの。無理もないけどね」ルーシーは言った。「このあと現場を見れば、解釈を誤ってもしかたがないとわかるはず。表面だけを見れば、市警の説に筋が通っているように思える。高出力マイクロ波兵器のことなんて、何も知らないから。そんなものがあることさえ市警は知らないよ」

16

家の裏側に回った。黒みを帯び始めた空に青白い三日月が浮かび、風が木々の枝をそっと揺らしている。ルーシーと私は、幾何学式庭園の残骸をぐるりと囲む黄色い現場保全のテープをくぐった。

曲がりくねった小道を行く。ピンクと赤のシュラブローズやラベンダーライラック、青いアジサイが影に包まれながら咲き誇っている。格子柵のフジやジャスミンがよい香りを漂わせていた。そのそばの石のテーブルは染みとくぼみだらけだ。チーク材の二人掛けシートは、まるで灰のように白茶けていた。

私がヴァージニア州に戻ってきて以来、アニーと何度もこの椅子に並んで語り合った。さまざまな趣向の巣箱をながめながら、案件について議論した。餌箱やフジウツギに翼のある生き物がやってくるたび、アニーは種類を見分けて名前を教えてくれた。

しかし今日は、同じ庭を見ても何の魔法も感じない。私の心は重く沈み、身を守るようにこわばっている。いま立っている場所と家の勝手口を結んでいる破壊の跡を見て、胸が痛み、激しい怒りが湧き上がった。〝残虐なモンスター〟という言葉が頭に浮かんだ。殺戮《さつりく》の跡を見れば見るほど憎悪がふくらんでいく。アニーの庭は非情に破壊されていた。これを目の当たりにしたら、アニーはどれほど悲しむだろう。

しかし、どれほど気の滅入るような光景でも、隅々まで記録しなくてはならない。現場でレイチェルの遺体を調べるあいだもあらゆるものが記録され、のちの検死解剖でもやはり何もかもが記録に刻まれる。アニーも証人としてそのすべてを見なくてはならない。犯罪捜査とはそういうものであり、いまやアニーの私人としての人生もその一部となったのだ。

ぱちん、ぱちんと音がして、ルーシーが小型の鑑識ケースを開けた。プラスチックのピンセットと、写真撮影の尺度に使う定規を取り出す。私はしおれた植物のサンプルを採取した。昆虫や小鳥の死骸もまた集めた。もちろん、サンプルが増えたからといって、さすがの国立自然史博物館のアルベール・アルマーンドも新しく何かを発見できるわけではないだろうが。

ゲート付近ですでに集めたサンプルを分析したのと同じ結果が出るだけに決まっている。それでも、殺人が実行された現場からも標本を採取しておかなければ、法廷で弁護士から容赦なく責められることになる。私はお気に入りの巣箱に近づいた。明るい色の塗料を塗った再生材でできていて、チーク材の四角い支柱のてっぺんに設置されている。

家の形をしたその巣箱の小さな赤い玄関前ポーチに顔を近づける。小鳥サイズの青い肘掛け椅子が二つ並んでいた。その止まり木つきの穴の下に、陽気な赤に塗られた玄関ドアがある。私は手袋をはめた指でそれを開けた。悲しい光景があったが、驚きはなかった。あっという間だったことを祈るしかない。死者が人間であれ、アメリカコガラであれ、私が考えることはいつも同じだ。

巣箱や巣はプラスチックや木材など非金属素材でできている。この裏庭にマイクロ波が浴びせられたとき、小鳥を守ってやれるものは何もなかったのだ。それでも小さな幸運に生かされた個体は少数ながらいた。少し離れたアメリカシャクナゲの茂みのそばに並んだ巣箱は銅板でできていて、さまざまな高さの支柱も銅でできていた。アニーが〝ホテル〟と呼んでいた巣箱の表面は古い十セント銅貨のような色で、急勾配の屋根と楽しげな装飾がついている。

その銅板がファラデーケージの役割を果たし、マイクロ波を屈折させた。私は背伸びをして穴の奥をのぞきこんだ。藍色の翼と、すばしこい黒い目や艶やかな黒いくちばしがちらりと見えた。心が軽くなった。

「雨のあいだ、あなたはどこにいたの?」私はルーシーに尋ねる。

「キッチンにいた」

鑑識ケースを提げて私のあとを歩いてくるルーシーは、携帯電話をかまえている。動き回る私に代わって身をかがめ、私が採取しようとしている証拠物件の横にプラスチックの定規を置いては片手で写真を撮っていく。定規がなければ、証拠物件の大きさやさまざまな物体との距離が断定できない。

「家のなかにいるあいだに雨が降りだしちゃったの。ちょうど遺体を調べてるときだった」ルーシーが言う。「そのときはまだ、この裏庭の被害は目にしていなかった」

そのとき確認できていなくても大きな問題はない。豪雨のあとでも被害の様子は明らかだ。マイクロ波を浴びた花や葉はしおれて茶に変色している。背の高いツゲの生け垣の陰から照射されたのだとわかった。犯人はそこにいたとルーシーは考えている。ライフルをかまえたスナイパーのように、標的がはっきりと確認できる瞬間をそこで待っていたのだ。

「少なくとも数分はこの裏庭にいて、絶好の地点を探したはず」ルーシーが言う。「前にも来たことがあって裏庭の様子を知ってたなら、話は別だけど。いずれにせよ、準備にはそれなりの時間が必要だったと思う。自分を守る気なら、防護グッズや防護服を身に着けなくちゃならない。兵器の電源も入れなくちゃいけない。被害者の位置を見きわめるにもきっと時間がかかってる」

「レイチェルがどこかの時点でキッチンに行くことがどうしてわかったのかしら」私は哀れな小動物を拾っては小さな白い箱に収め、紙袋に入れた。「かなり長い時間ここから偵察したおかげで予想できたというならわかるけれど」

「それがこのパズルに欠けてるピースね」ルーシーが言う。「犯人は何らかの理由でここが絶好の攻撃スポットだと判断した。生け垣の陰で準備を整えたあと、レイチェルが窓に面したシンクの前に立つのをじっと待った。トリガーを引いて、マシンガンみたいにマイクロ波を連射した」

放たれた高出力マイクロ波は、木の枝や低木の茂みを貫いて一直線に進んだ。兵器から遠ざかるにつれて幅を広げながらキッチンの窓に到達し、窓の周囲のツタは一瞬で水分を奪われて変色した。マイクロ波は窓にはまった六枚の古い波形ガラスを貫通した。金属の網戸が設置されていないのは不運だった。

邸宅の窓の大半に網戸がなかった。もしあったら、レイチェルには身動きの力を奪われて死ぬ前に物陰に伏せる時間があったかもしれない。犯人が身を隠していたと思われる生け垣の陰の、踏み荒らされた一角をルーシーが指し示す。犯人は迷彩柄など周囲に溶けこみやすい服を着ていたのだろう。犯人が無差別な死をもたらす光線銃を抱えて待機した周囲の木の枝は折れ、下生えは踏みしだかれていた。

そこからキッチンまでの距離は三十メートルほどだろうか。トロンがほのめかしていたように、兵器の射程がそれよりだいぶ長かったとすれば、マイクロ波はさほど広がらないままレイチェルを直撃したことになる。レイチェルは激痛に襲われて床に倒れる前に何か異変を感じただろうか。

「犯人の体が触れたと思われる植物のサンプルはもう集めてある」ルーシーが言った。表向きは淡々としているが、その陰には激しい敵意が隠れていた。

ルーシーは犯人を憎悪している。犯人の行為の残虐さが一線を越えたとき、ルーシーは自分個人への攻撃と受け止め始める。その点ではマリーノと同じだ。ルーシーのほうが憎しみを隠すのがうまく、言葉や表情にはほとんど表れないというだけで。ルーシーは感情を他人に見せない。それでも、私にはルーシーの心の動きが読み取れる。私の心も憎悪であふれそうだ。

「たぶん、ＤＮＡは検出できないだろうな」ルーシーが続ける。「事件解決の決め手にはならないと思う。レイチェルと犯人は物理的に接触していないだろうから。犯人が手を触れたのはこの大自然だけだと思う」

「激しい雨が降っていなかったとしても、おそらくＤＮＡは採取できなかったでしょうね」私も同意見だった。「犯人が負傷して、血液や皮膚細胞がどこかに付着して、しかも雨で流れずにすんだというのでもないかぎり」

石敷きの小道は、勝手口まで続いていた。ドアの左側にガラスが六枚並んだ窓があり、ルーシーがキッチンに設置した補助ライトの明かりを映している。

「必要な証拠集めはもうすんでいるのね？」私はドアに近づく前に尋ねた。「犯人は窓からなかをのぞいたかもしれない。成果を確かめたかもしれない」

「指紋とＤＮＡなら確認ずみ」ルーシーが答える。私は手袋を新しいものに替えた。汚れたものをスカートのポケットに入れ、新しい手袋と医療用マスクを着けた。

「ただ、ここまで近づいたとは思えない。だってもしレイチェルの意識があったら、顔を見られちゃうじゃない？」ルーシーが言う。

窓周辺の蔓植物の棘に用心しながらガラス越しに屋内をのぞく。真っ赤なクライミングローズのほのかな香りがした。裏庭に面したドアとシンクのあいだにレイチェルが横たわっていた。左脇を下にして体を丸めている。ベージュのウォームアップスーツを着て、ソックスとスニーカーを履いている。

着衣に乱れはないが、赤と白の大理石張りの床にアクセサリーが散らばっているのが見えた。イヤリングが一組。ネックレスは鎖がちぎれているようだ。指輪も一つ。市警が解釈を誤ったのも不思議はないとさっきルーシーが話していたが、その光景を見てようやく意味がわかった。

「あなたが来たときもこのとおりの状態だった?」私は訊いた。

「ここまでに話したもの以外には手を触れてない。写真や動画は撮ったけど」窓からなかをのぞいている私の背後でルーシーが答える。「ね、誤解しそうでしょ?」

「たしかに」

「フルーグや市警の人たちが家宅侵入から発展した殺人事件って考えるのも無理はない」

「実際そのとおりだもの。目に見えないものが侵入したというだけで」私は窓から離れた。

小道に戻り、勝手口の前で立ち止まる。無垢の一枚板のドアは白く塗られている。ヴィクトリア朝様式の透明ガラスのドアノブがついている。アニーは〝後づけのもの〟と言っていた。

「あなたが最初に来たとき、ここの鍵はかかってた?」

「かかってた」

「表の玄関は？」

「施錠されてた」ルーシーが答える。私たちは来た道をもとの方角へたどった。「こじ開けるしかなかった」

「防犯アラームは？」

「解除されてた。ほかの電気機器と同じで、マイクロ波のせいで電圧が急上昇して故障した」

「警備会社には不具合の通知は届いたのかしら」

「何も。警備会社に通知が行くのは、サイレントアラームが作動したときだけ」

「一番の疑問はおそらく、事件発生時にセットされていたかどうかね」私たちは家の玄関側に戻った。

「警備会社にはトロンがもう問い合わせたの」ルーシーが言う。「システムはオフだった。もともとほとんど使われていなかった」

警備会社の話では、レイチェルが実家に戻ってきて以来、たびたび誤報が発せられ、そのたびに警察が駆けつける騒ぎになっていたという。サイレントアラームの困ったところはそれだ。うっかり警報を発してしまっても、警察が来るまでそうとは気づかない。秘密の恋人との密会中だったら、さぞ気まずいだろう。

「レイチェルは、侵入者より、誤報で警察が来るほうを警戒してたのかもね」ルーシーが言う。私たちは市警が設営したテントまで戻ってきていた。

テントに入ると、タイベック素材がこすれる乾いた音が聞こえた。トロンがジャンプスーツを着ているところだった。マリーノがアイスボックスから水のボトルを取り出した。

「先生？」ボトルを私に差し出す。すでにジャンプスーツを着て汗だくになっている。

「あとでもらうわ」

エクストララージのコーヒーカップが入り用になる事態はできるだけ先延ばしにしたい。皺だらけになったリネンのスーツのジャケットを脱いで鑑識ケースにかけ、ブリーフケースを下ろした。ジャンプスーツに片脚ずつ入れて引っ張り上げ、袖に腕を押しこむ。あとでシャワーを浴びる心地よさを想像しないようにした。

箱から新しい手袋を何組か取り、医療用のマスク数枚と油性マーカーをポケットに入れた。ジャンプスーツのファスナーを喉もとまで上げ、フードをかぶってゴーグルをかけた。全身を白いスーツで覆った私たち四人が身動きをするたび、かさかさと音が鳴った。見覚えのある両開きの玄関扉に向かい、そろって歩きだす。

あのころは玄関を開けて招き入れてくれるお手伝いさんがいたし、てこでこじ開けられた跡が扉についていたりはしなかった。なかに入ると、発電機のやかましい音がしていた。イタリア産大理石の床の上を電気ケーブルが這い、壮麗な玄関ホールは目が痛いほど明るかった。

「できるだけ傷つけずにすませようと思って」ルーシーが言う。私は何世紀も前の木材についた傷や、この邸宅の建築当初からあるランの花の形をした真鍮のノブを見ていた。「てこが一番いいだろうと」

「錠前を銃で吹っ飛ばすとか、破壊槌《つい》でドアを突き破るとかよりはましか。蹴飛ばすとかな」マリーノが専門家らしい意見を述べた。

靴の上にシューカバーをかけ、まぶしい補助ライトに照らされた玄関ホールに入った。ああ、この湿っぽいにおい。古いものが発するにおいの花束だ。埃《ほこり》、木材、蠟《ろう》燭《そく》、家具の艶出し剤。全部屋に設けられた暖炉にたまったすすの苦いにおい。何年も風を通していないかのように、空気はよどんで湿り気を帯びている。心の奥底の感情が煽り立てた想像もまじっているかもしれないが。

玄関ホールの彫刻入りの鏡板は、何世紀も前にフランスで――たしかノルマンディで製作されたものだ。私はここに遊びに来るたび、油を塗って手入れしなくてはとアニーに忠告しているが、ずっと後回しにされている。そのくらいやってもらえばいいのに、アニーは管理人にほとんど仕事を頼まずにいた。

「だったら、何のために管理人を雇っているんですか」私がその話をすると、トロンはそう尋ねた。

「ホルトは家族の一員のようなものなのよ。アニーに言わせれば、年を取って関節炎に悩まされているからといって、家族を解雇するわけにはいかない」私はそう答える。私たち四人はそろって玄関ホールを見回す。「軽い作業やお使いくらいは頼んでいるんだと思う」

私は天井を見上げた。カビが生え、かつてバカラのシャンデリアを吊っていた銀の金具は曇っている。玄関ホールからアーチ形の入口を抜けると、アニーがいつも〝グレート・ルーム〟と呼んでいた広い空間がある。フランス産のオーク材の床は傷だらけだ。床板はところどころが大きく浮いていて、ラグはすり切れかけている。石灰岩の暖炉の上の壁にはかつてピカソの作品が飾られていたのに、いまは何もない。

ソファの後ろの壁にはコンスタブルの風景画があったはずだ。台座に載った彫刻がいくつもあったことも覚えている。客用のダイニングルームでの贅沢《ぜいたく》な食事の風景が、まるで映画のように鮮明に脳裏に蘇った。手のこんだ彫刻が入った果樹材のテーブルはいまもある。ただ、天板の輝きは鈍っていた。もう何年も使われていないのだろう。二十脚あるニードルポイント刺繡《ししゅう》の椅子は色褪せ、染みがついていた。以前は皿立てに並んでいた、チルトン家の紋章入りの青と金の陶磁器はなくなっている。青い壁は空のようにからっぽで、かつて何枚も飾られていたバロック時代の宗教画は消えていた。あのころはダビデがゴリアテを倒す場面を見つめながら、レアのローストビーフを食べ、高級ボルドーワインを飲んだものだ。

「最盛期は、いるだけでいい気分になれるようなすごい家だったんだろうな。しかし、いまじゃまるで死んだみたいだ」マリーノは自分の言葉の不適切さにたいがい気づかない。キッチンはすぐそこだった。

入口から奥をのぞく。古びた木の戸棚がある。彫刻入りの灰色の大理石の炉棚と、奥行きの深い煉瓦の暖炉も見える。レイチェルの遺体は私から見て右側、三メートルほどのところに横たわっている。裏庭に面した勝手口に近い位置だ。両腕と両脚は胸に引き寄せられている。

「あなたが最初に来たときもレイチェルはあの姿勢だった？」私はルーシーに訊く。

「胎児のポーズだった？」

「そうよ。さっきも言ったとおり、すべて記録してある。そのとき撮った写真をあとで送るね。いくつかちょっとした調整をした以外、キッチンの状態は発見時と何も変わってない」

「その〝ちょっとした調整〟ってのが気になるって話だろうが」マリーノがルーシーに言う。

「マリーノの仕事には何も影響しないってば」

「そんなのわからないだろ？　どんな手がかりを探すことになるか、やる前からわかるわけがないんだから」

「うるさいな」ルーシーがマリーノを黙らせる。二人の言い合いは昔と変わらない。

「遺体の姿勢のこと――胎児のポーズのことですが」トロンが私に尋ねる。「そこからわかることはあります？」

「重傷は負ったけれどまだ身動きはできるというとき、よく見られるポーズね」私は答える。「そういうとき、人はあんな風に背中を丸めて四肢を引き寄せるの。そしてそのまま息絶える」

「とすると、床に倒れた時点ではまだ生きていたということですね」

「瞬時に気化したり、爆発でばらばらに吹き飛ばされたりしないかぎり、いわゆる即死はしないものなのよ」私は答える。「いろんな機能がシャットダウンするまでに一分か二分はかかる。ただ、そのことと意識があるかどうかは別の話」

「レイチェルはもう意識がなかったただろうな」マリーノは持ってきた鑑識ケースを開けた。

新しいシューカバーを私に手渡す。私はそれを履き、マスクと手袋も新しいものに交換した。キッチンの奥へと進む。ヴァージニア州に戻って以来、たくさんの時間をここで過ごしてきた。一年前、アニーやデア州知事と秘密の会合を持ったのもここだ。私はまさにここで、ヴァージニアに戻ることに同意したのだ。

17

むき出しの梁《はり》に旧式な調理器具やざるが吊り下げられている。漆喰壁の暖炉は、洞窟のように奥が深い。炉床には、古城に似合いそうな錬鉄の道具やふいごがある。

裏庭に面したドアの右側の窓の前に、シェーカー様式の簡素なテーブルと椅子が四脚並んでいる。そこでアニーと何度おしゃべりをしたことだろう。この家のものでなければ、キッチンの設備はどれもただ古くさく見えるはずだ。ガスの調理台は、少なくとも二十年は前のものだった。冷蔵庫も電気スキレットもトースターも、同じくらい古い。

私は入口に立って現場をじっくりと観察する。寄せ木のカウンターの上に、シャネルの黒いトートバッグとサングラス、キーホルダーがある。コーヒーメーカーのガラスポットに薄茶色の液体が入っている。紅茶かもしれない。そのそばにマグが一つ。

「停電のせいで、マイクロ波攻撃の時点でどの明かりがついていたのか、判断がむずかしいわね」私はルーシーとトロンに言った。「ドア脇の壁のスイッチはみんな上の位置にあるけれど」

「キッチンの明かりは点いていたようです」トロンがうなずく。「このあと詳しく分析するまで断定はできませんが。この家のほかの部屋についても同様です」

トロンとルーシーは別行動することになり、マリーノはガラスの水銀温度計をカウンターの上に置いた。次にピストルのような形状をした赤外線温度計も用意した。私が念のために二つの方式で室温を確かめることを知っているからだ。私たちは無言できぱきと手を動かす。指示も説明も必要ない。マリーノは、ディナーの前に食卓の支度を調えるように、使い捨ての白いシートを広げた。

「諜報《ちょうほう》コミュニティが関わると、たしかにやりにくいな」マリーノは遺体のすぐ横の床にシートを敷く。「CIAがとうに現場を調べたことはみんなわかってる」

「たいがいのことではもう驚かないわ。それに、どういうからくりなのか、私のなかではもう結論が出ている。たとえば、トロンはCIAに一時的に貸し出されている。おそらくルーシーもそう。二人が誰より先にこの現場に来たこともわかっている」

「実際は何が起きてるか、誰が目を光らせてるのか、俺たちには知りようがねえ」マリーノはいらいらと落ち着かない様子であたりを見回している。「みんなが嘘をつく。ルーシーもな。ま、いまに始まったことじゃないが」

「スパイ行為と嘘は同じよ。やむをえずしていること」

「遺体を見つけたのがあの二人だってのが気に入らねえ」マリーノは、ルーシーとトロンがまだそこにいるかのようにキッチンのドアロを盗み見る。「だって、ここで何かよけいなことを……」

「邪推は控えるべきね」

私は最後まで言わせなかった。盗聴器があるかもしれない。レイチェル・スタンウィックは暗殺されたのではないかとマリーノは疑っている。CIAに——政府機関に——消されたのかもしれない。マリーノは赤外線温度計を差し出す。私は遺体の額にセンサーを向けてトリガーを引いた。小さなデジタル画面に三十五・八度と表示された。

「いや、ありえないだろ、先生」マリーノは赤く輝く数字を困惑顔で見つめた。

私はもう一度計測したが、結果は同じだった。赤外線温度計を空中に向ける。キッチンの室温は二十五度。

「遺体の頭部の温度が高いのは、高出力マイクロ波のせいよ」私は説明する。

「信じられん。死後四時間以上経過してるのに、まだそんなに高いのか？　直後はよほど熱くなってたんだな」マリーノは私から詳細を聞きながらメモを取った。

「犯人が近距離からレイチェルの頭を狙ったのなら、マイクロ波はその一点に集中する。顕微鏡で調べれば、熱によるダメージを確認できるはずよ」私は言う。「マイクロ波が照射された部位の温度は、十度近く高くなった可能性がありそう」

「それでも、全身が熱せられるわけじゃないのか？」

「そう」

「なんでだ？」

「キャセロールを電子レンジで温めると」私は遺体の傍らに膝をついた。「熱いところと、さほどでもないところができるでしょう？　とくに電子レンジにターンテーブルがなかったりすると、均一には温まらない」

「だんだんおっかなくなってきたよ、先生」

「確認されているハバナ症候群の事例でも、ターゲットは頭部だった」私はレイチェルのウォームアップ・ジャケットの裾をウェストまで押し上げた。「損傷がもっとも激しいのは頭部――脳や目なの。そこから衝撃波のようにダメージが広がる」

露《あらわ》になった遺体の腹部に赤外線温度計を向けた。結果は予想どおりだった。

「三十二度」私はマリーノに伝え、マリーノはそれを書き留める。「体温は四度から四・五度くらい下がった計算になる。マイクロ波の断続的な照射をルーシーとトロンが検出した時刻が午後三時四十分から四時のあいだであることを考えると、妥当な線ね。いまは午後八時を回っている」

「逆算すると、死亡直後の頭部は四十度以上くらいあったことになるわけか」

「おそらく。ただ、マイクロ波攻撃の被害についてまだわかっていないこともたくさんある」

「猛烈に痛かっただろうな」

「頭や目に激痛を感じたはず。奇妙な音が聞こえて、部屋が回転しているように見えたかもしれないわ。それほどの長時間、意識を保てたとは思えない。数秒から、長くても一分くらいじゃないかしら」私は言う。「深部体温を測ってみましょう。死亡時刻を推定する一番の根拠になるから」

「もうだいたいわかってるわけだけどな。今日の午後三時四十分から四十五分ごろだ」

「だからといって計測を怠ると……」

「わかってる。弁護士連中だろ」マリーノは鑑識ケースのところに戻ってトレーや抽斗《ひきだし》をのぞく。「法廷でねちねち責められることになる」

マリーノはメスと細長いガラスの化学温度計を用意し、私が膝をついている紙シートの上に並べた。私はレイチェルをあおむけにした。遺体はしなやかで温かかった。

鼻から血がひとすじ滴った。まぶたがわずかに開いていて、うつろな目が前を見つめている。レイチェルは美人で外見にあれほどこだわっていたのに、死に顔は化粧をしていなかった。口紅すら引いていない。

豊かで艶やかな黒髪はシュシュで一つにまとめられている。顔を近づけると、玉ねぎとにんにくのにおいがした。来客の予定があったとは考えにくい。ブランドもののウォームアップ・パンツのウェストをおへその下まで引き下ろす。腹部が丸くふくらんでいた。

「どういうことかしら」私はつぶやいた。

「妊娠してたとか」マリーノが言う。

「ここでは検査のしようがないけれど、解剖すればはっきりするわ」私はメスを取り、上腹部を小さく切開した。血が一滴、遺体の脇腹を伝い落ちた。

長い化学温度計を肝臓に差しこみ、一番正確な深部体温を計測する。切り口からまた血があふれ、端を遺体の下側に押しこんでおいた白いシートに垂れた。遺体のほっそりとした指を曲げてみる。硬直が始まっていた。頭部を左右に向けると、首はまだ比較的しなやかだ。

「死後硬直は始まったばかり」私は確認できた事実をマリーノに伝え、マリーノは写真を撮影しながらメモを取る。「死斑はまだ固定していない」

手袋を交換し、今度は石の床に散らばったアクセサリーを調べた。

「銀色の金属の指輪が一つ。青い宝石がはまっている。おそらくホワイトゴールドとサファイア」私はマリーノに伝える。

指輪を小さな証拠品袋に収め、次にイヤリングを拾い上げた。片方はシンク前に、もう一方はそこから一メートルほど離れた位置に落ちていた。

「銀色の金属でできたクリップ式のイヤリング一組。透明な石がはまっている」私はマリーノの目録にまた項目を加える。

イヤリングも材質はホワイトゴールドで、石はおそらくダイヤモンドだ。手袋をはめた私の右手のスマートリングに、イヤリングが微妙に引き寄せられるのがわかる。理由に見当はつく。それでもその感覚は不気味だった。

「拡大鏡が要るわ」私はマリーノに伝え、マリーノが用意して差し出す。

シンク前の床に落ちていたネックレスを拾う。照明にかざすと、留め具が歪んで開いているとわかった。宝石店の刻印によれば、材質は十八金。鎖が生き物のようにかすかに動き、私のニッケルめっきのスマートリングに近づこうとした。

「ネックレスは力ずくでむしられたようね」私はプラスチックの新しい証拠品袋にネックレスを入れ、ほかのものと同じようにラベルに記入する。「強い力で引きちぎられてる」

「犯人と揉《も》み合《あ》ったって思われてもしかたがないな。強盗かレイプが目的の犯人と格闘したように見えかねない。強盗とレイプの両方が目的だったのかもしれない」マリーノが言う。

マリーノは開いたままの鑑識ケースのそばで待機し、私の仕事を見守っている。白いタイベック素材のフードに包まれ、医療用のマスクを着けた顔は汗まみれだ。保護ゴーグルは、何をしようとすぐにまた曇ってしまう。

「そうなると、地所の管理人か元旦那あたりが容疑者候補になる」マリーノが続ける。「市警はこう考えるだろう。レイチェルが犯人を屋内に招き入れた。よく知ってる相手だったからだ。そして最悪の事態が起きた。けど実際は、レイチェルが死んだとき、この家にはほかに誰もいなかったわけだ」

「レイチェルはアクセサリーを自分ではずしたのよ。痛いくらい熱くなったから。しかもアクセサリーはどれも磁化してる。電磁エネルギーを浴びたとすれば、筋が通るわ」

私はウォームアップ・ジャケットのファスナーを下ろした。ジャケットの下にはスポーツブラとビキニショーツしか着けていなかった。髪を持ち上げると、首筋の四ヵ所に小さな赤い熱傷があった。左右の耳たぶにもクリップ式イヤリングの形に赤い痕がある。手袋をはめた手でレイチェルの手を取り、表と裏を丹念に調べた。左の薬指にやはり小さな熱傷がある。

シンクの上の窓の前に立っているレイチェルを想像した。犯人が裏庭からマイクロ波を照射し始めたときは、そこで紅茶を淹《い》れていたのだろう。マイクロ波は、レイチェルが着けていた金属のアクセサリーに誘導された。アクセサリーは突然に熱を持ち、レイチェルはむしるようにすべてをはずした。頭が熱くなり、猛烈な痛みに襲われて、その場に倒れこんだ。

「それか、床に倒れたあとにアクセサリーを引きちぎったのかもしれない」私は説明を続ける。「どちらが先だったのかは確かめようがないけれど、アクセサリーをむしり取ったのは立っていたときではないかしら。まさか自分が攻撃されているとは思いもよらなかった。異常が起きていることだけはわかっただろうけれど」

マリーノに頼んでメジャーを出してもらった。レイチェルが着けていたネックレスの長さは五十センチ。首筋と胸もとの熱傷はおよそ十二・七センチ離れている。その間隔から、マイクロ波の波長がわかる。

私は終末委員会に参加して得た知識をマリーノに伝えた。「エネルギーの波は、十二・七センチ周期の山と谷を描いた。そこに熱傷ができた」私は空中にマイクロ波を描いてみせた。上、下、上、下。「最近のハバナ症候群の被害者にも似たような痕跡があったのよ。腕時計やブレスレットを身につけていたり、金属のファスナーがついたジャケットを着ていたりした人に」

まさに帯電した電流を金属が伝導し、そのあと電流は負に帯電した地面に向かおうとする。ところが、地面には向かえない。指輪やネックレスは接地していないから、電流は行き先を失い、空転したタイヤのように熱を発する。

「だからやけどするわけ」私は説明する。私は電気技師ではない。

しかし職業柄、人の命を奪う最新の脅威を日々目の当たりにしている。マイクロ波光線銃にも詳しくならざるをえない。毒物の知識を収集しなくてはならないし、化学兵器や生物兵器などの大量破壊兵器にも精通しなくてはならない。ベントンと私がお酒を飲みながら交わす会話は、そのままディストピアを描いたホラー小説になりそうだ。

「銃を相手にするほうがよほど気楽だな」マリーノが言う。「目に見えないもので撃たれるなんてごめんだ」

「実際に当たるまで、弾丸だって見えないわよ。スーパーマンでもなければ」私は遺体の腹部に作った小さな切開部から温度計を引き抜き、紙のシートの隅でガラスの表面を拭った。

深部体温は三十三度。この環境で死後四時間から五時間が経過していることを考えると、そんなものだろう。私は手袋をはずし、右手をオーケストラの指揮者のように動かしながらキッチンを歩き回った。銅でできたアンティークの水栓や陶器の蛇口に近づけてみる。スワンネック形の真鍮の取っ手やステンレスのブレンダー、ガス台も試した。

抽斗の銀器など金属製品も確かめる。磁化した金属がスマートリングをそっと引き寄せるのがわかる。パントリーにも入った。造りつけのオーク材の棚、キャビネット、抽斗。パントリーの照明は天井の裸電球一つきりで、引き紐を引いても明かりは点かない。停電を境に、事件発生時にどの照明が灯っていたか、判別がつかなくなった。

しかしルーシーとトロンの事情聴取に応じたホルト・ウィラードの供述によれば、パントリーの電球は切れていた。レイチェルに頼まれ、午後五時に交換するはずだった。折りたたまれた脚立が壁に立てかけられていた。レイチェルがあらかじめ用意しておいたのか、石のカウンターの上には百ワット電球の四個入りの箱がある。なかの電球が熱せられて焼き切れたためだろう、段ボールの箱の側面が茶色くなっていた。そのときまだ意識があったとすれば、レイチェルはパントリーでこの箱が光を放っていることに気づいたかもしれない。まるでスティーヴン・キングの小説の一場面のようだっただろう。レイチェルが助けを呼ぼうとしても、携帯電話は使えなかった。電灯は明滅して消え、エアコンは停止しただろう。

「このキッチン全体が磁化されている」私は現場を見てわかったことをマリーノに伝える。

電気が流れると、その周りに磁場が発生する。アニーの邸宅のキッチンで起きたのはそれだと私は説明する。電気エネルギーと磁気エネルギーが一緒に空間を移動するのがマイクロ波だ。電磁エネルギーとも呼ばれる。私はまた新しい手袋に替え、使用済みのものをバイオハザード廃棄袋に入れた。

今度はレイチェルが履いているエルメスの革のスニーカーを調べた。靴底の溝に紫色のかけらがいくつかはまりこんでいる。手と足を紙袋でくるみ、口を輪ゴムで留めた。そこにトロンとルーシーがドア口に戻ってきた。私はここまでに判明した事実を伝えた。

「すべての証拠がマイクロ波攻撃を指し示している」私はシャネルの黒いショルダーバッグやサングラスを確認しようと寄せ木のカウンターに近づいた。「レイチェルのものよね」酒店で遭遇したとき、レイチェルが同じものを持っていたのを覚えている。そばにキーホルダーもあった。

「レイチェルのものよ」ルーシーが答える。「ショルダーバッグにあさられた形跡、現金やクレジットカードが盗まれた形跡はない」

「それもまた犯人は家のなかには入ってねえって証拠だな」マリーノが言う。「入るのにこじ開けなくちゃならなかったなら、玄関には鍵がかかってたわけだ。ここはどうだった？」マリーノは遺体のそばの勝手口を指さす。

「私たちが来たときには施錠されていました」トロンが答える。

「その車のリモコンは、レイチェルのメルセデスのもの」ルーシーが私に言った。「ほかの鍵はどこのものかまだ確認できてない。一本は玄関と勝手口のものだってわかってるけど。一本でどちらも開くの」

「最後に錠前を交換したのはいったい何十年前なんだろうな」マリーノが言う。「何人が合鍵《あいかぎ》を持ってるか、知れたもんじゃないぞ」

「ショルダーバッグには、薬とか何か重要な手がかりはあった?」私は尋ねる。

「自分の目で見て」ルーシーは防護服を新しいものに交換し、キッチンに入ってきた。

18

ルーシーは寄せ木のカウンターに紙シートを広げると、シャネルの高価なトートバッグのなかのものをすべて取り出した。クロコダイルの財布、口紅、ヘアブラシ、口臭消しのミント、手指消毒剤、黒い布マスク、消毒剤ライソールの小瓶。ルーシーがレイチェルの持ち物を並べているあいだに、私はコーヒーメーカーを調べた。ポットには、通じ薬に使われるハーブティーのバッグが三つ入っていた。

「特別なものがあるわけじゃないの」ルーシーはバッグの底に手を入れ、携帯電話用と思われる充電器を取り出す。「レイチェルの私物はさっきひととおり確認した。すべて写真を撮って目録にしてある」

バッグのファスナーつきポケットを開けた。テイクアウト店で渡されるような使い捨ておしぼり、紙ナプキンの束、化粧品ポーチが出てきた。食物繊維のサプリのボトル、クマの形をしたシュガーレスのグミ一袋も。この二つは注目に値する。

「二百二十五グラム入り。シナモン味。マルチトールが入っている」私はマリーノに伝え、マリーノはそのとおりに書き留める。「オオバコの下剤も一瓶」私は〝シリアム〟の綴《つづ》りを教え、ハーブティーがあったことも付け加えた。

「何かの手がかりになりそうですか」ドア口からトロンが訊いた。

「もしかしたらね」私は答える。「シュガーレスのグミに入っているマルチトールは甘味料で、便通の促進効果がある。ハーブティーも同じ」

「知ってる」マリーノが言う。「俺が一時期、シュガーレスのチョコレートを食ってたの、覚えてるだろ」

「あたしならそういうものは食べないな」ルーシーが言う。

「しじゅう腹を下してた」マリーノが話を続ける。「ロトルーター〔排水管修理業者〕が腹に入ってるみたいだった」

「レイチェルはきっと、いつも体重を気にするタイプの人だったんですね」トロンが言う。

「お財布ももう調べたんでしょう？」私はルーシーに尋ねた。

「調べた。自分でも見てみて」

最初に確認したのは、いくら分の現金が入っているかだった。八百ドル以上ある。大半が二十ドルの新札で、互いにくっついて離れない。

「どこかのＡＴＭで下ろしたばかりなのかも。どこかで現金を手に入れた。出かけた先で食事をテイクアウトする習慣もあったようね。おそらく車で食べていた」

私はそう言ってトートバッグに入っていた紙ナプキンを指し示した。メルセデスの車内に食べかすが散らかっていたことも話した。

「ＡＴＭで現金を下ろしたなら、ファストフード店の行列に並んだりもしたかもしれないな」マリーノが言う。「そこで危ねえ奴に目をつけられた。だってそうだろ？　あんな外見だ。どこに行ってもじろじろ見られただろうよ」

私はクレジットカードや身分証を一枚ずつ確かめた。レイチェルがＣＩＡの職員であることを示すものは一つとしてなかった。本人を知らなければ、ＣＩＡの報道官だなんて想像もつかなかっただろう。持ち物から推測できるのは、お金持ちだったらしいことだけだ。美人で、派手で、体重を気にしていた。それだけでは大した手がかりにならない。

他人との連絡に電子デバイスを使っていたのは明らかだが、いまは確かめるすべがない。日記帳やアドレス帳をめくれば交友関係が把握できた時代はとうに過ぎ去った。昔なら、ドラッグストアで現像したばかりの写真が入った封筒が出てきたりした。重要な手がかりが思わぬところから見つかった。たとえば、メモや手紙に殺人計画や自殺の意思が記されていたりした。

占いの切り抜きやフォーチュンクッキーのおみくじに手がかりが見つかることもある。その人が抱いていた不安や夢が、そういうところに表れたりする。ごく些細《ささい》なものが、その人の心の状態や行動を教えてくれることもある。しかし、レイチェルの持ち物からは何の情報も得られない。レイチェルの日常は、私のそれと同じように、電子デバイスで管理されていたのは間違いないだろう。だが、肝心の電子デバイスはどこにもない。

「シークレットサービスが何を持ち去ろうと、移動しようと、私の仕事に影響が及ばないかぎりはかまわない」私は同僚の監察医や捜査官に話すときとまったく同じ調子でルーシーに言った。「それぞれ目的があるわけだから。でも、私の仕事に大きく関わりそうなものは見せてもらいたいの。ほかに何か私が知っておいたほうがいいことはある？」

「バッグにタブレット端末があったけど」ルーシーが答える。「当然ながらマイクロ波攻撃で壊れてた」

「携帯電話は？」

「見つかった場所で写真を撮っておいた」ルーシーはそう答えた。現場は発見当時の状態とはほど遠いという。「それもやられてて、たぶんなかのデータもだめになってる。使用履歴を提出してもらえるよう携帯電話会社にはもう頼んである」

「あなたたちが来たとき、携帯電話はどこにあったの？　いじる前にはどこにあった？」

「床の上です。レイチェルの右手が触れていました」トロンが答えた。

「遺体を搬出して検屍局に移しましょう」私は言った。「いまここでやるべきことは終わったから。ファビアンはいまどこに？」

「私道の入口」ルーシーが言う。「警察犬がバンを捜索してるところ。不審物は発見されていない。ファビアンは少し離れたところに立って、テレビ局の取材ヘリを見上げてる」

「手を振ってないとしたら驚きだ」マリーノが言った。

「カメラに映るよう、歩き回ってはいますよ」トロンが言う。「手を振っているのと変わりませんね」

「いまこの瞬間にあいつが何してるか、なんでわかる？」マリーノがぶっきらぼうに訊く。

トロンはＡＩ搭載のスポーツグラスを指さした。

「俺はそんなものはごめんだな」マリーノは不機嫌そうに言った。「そんなものを着けてたら頭がおかしくなりそうだ。テレビのリモコンと携帯電話を同時に操作するだけでいっぱいなのに」

「一つ上のレベルのマルチタスキングです」トロンが言う。

「へえそうか。そんなものに頼ってると、自分じゃ何もできない、何も考えられないってことになるぞ」

「それはあまりよいことではないですね」トロンが言う。何を言おうとトロンを怒らせるのは無理なのだ。

「くず入れもチェックしたのよね」私はルーシーに尋ねる。

「とくに何もなかったよ」ルーシーが答える。私は言われる前に自分で確かめることにする。

くず入れがどこにあるかは知っている。シンク下の扉を開け、プラスチックのくず入れを引き出した。丸めたキッチンペーパー、使用済みのティーバッグ、卵の殻などの生ごみが入っている。ここ数日の食事の痕跡はない。誰もちゃんとした食事をしていないようだ。この家のキッチンに生ごみのディスポーザーは設置されていない。

冷蔵庫ものぞいてみる。フルーツスムージーの瓶、ヨーグルトや低脂肪チーズのパック、ハムやソーセージ。庫内の抽斗に数本のシャンパン。冷凍庫にはウォッカが二本あるだけだ。調理しなくては食べられない食品がほとんどないのを見ても、意外には思わなかった。

アニーは料理ができない。教わったことがなく、必要もなく、興味もなければ楽しいと思ってもいない。共同生活をしていたから、よく知っている。私が料理を作れば、どれほど簡単なものであろうと、彼女は私をマジシャンかと思っただろう。さささっとスパゲッティやフリタータを作るなんて、アニーにしてみれば、飛行機を操縦したり交響曲を作曲したりするのと同じくらい、自分には無関係かつありえない芸当なのだ。

あれから何十年も過ぎたが、アニーは変わっていない。アニーが裁判所の食堂や近所のレストランで食事をすませるところを私は何度も見てきた。ドライブスルーで食事をテイクアウトすることもあるだろう。このキッチンを見るかぎり、レイチェルも料理が得意ではなかったようだ。あれだけ甘やかされて育ったのだ。料理ができなくて当然だろう。

「家のなかでほかに何を調べたの?」私はルーシーとトロンに尋ねた。「レイチェルの寝室を見てみたいわ。とくに薬の棚。もしかして、薬もみんなシークレットサービスが押収した?」

「全部の部屋を確認しなくちゃならなかった。犯人や誰かがひそんでいないともかぎらないから」ルーシーが言う。「薬品棚の品物は一つも押収してないけどね」

「だからといって、見なかったわけではありません」トロンが付け加える。「すべてが見かけどおりのものであること——箱や瓶のラベルと中身が一致していることを確かめる必要がありました。通常の手続きのうちです」

どんな理由で何をしたか、明かすつもりはないのだ。この家に誰と誰が入ったか、何度出入りしたか、話してはくれない。それに、私は知らないほうがいいだろう。私は一人でキッチンを出た。マリーノやほかの二人を待たずにダイニングルームを抜け、〝グレート・ルーム〟も抜けて、玄関ホールの階段の上り口まで戻った。

すり減った石灰岩の階段や黒い錬鉄の手すりを目にして、遠い昔の記憶が蘇った。二階の壁にはところどころに張り出し燭台《しょくだい》や美術品があったはずだが、いまは一つもない。閉ざされたオーク材のドアの前をいくつも通り過ぎた。ドアの奥の部屋には、ご両親が亡くなって以来、アニーが開封しないまま放置している箱が積み上げられている。遺品を整理するなら手伝うとアニーには何度も言った。ものを処分してしまえば前に進めるだろうと。

しかしアニーは、手放したくないものを思いきって手放してしまおうとはしない。

敵を選ぶときは用心せよとよく言うが、それは本当だ。用心しないと、やがて自分がその敵に似てしまう。アニーは努力を重ね、多くを達成してきたが、ある意味で、お父さんと同じく、〝チルトン家の一員〟というアイデンティティを捨てきれずにいる。

私が確かめたいのは、廊下の一番奥の部屋だ。手袋をはめた手で古びたシードグラスのドアノブを握ると、ひんやりしていた。なかに入る。香水の香りがした。チェストの上に、バイレードのカサブランカ・リリーの香水が入った栗茶色《くりちゃいろ》の美しいボトルがある。濃厚なフローラル系の香りが家具や布地に残っていた。

ただ、レイチェルの遺体からは香水の香りはしなかった。そのことも考えると、今日はずっと家で仕事をするつもりだったというのは事実なのだろう。だから、ふだんほど外見にかまわずにいた。誰かと、とくにボーズ・フラグラーと会う予定はなかった。管理人のホルト・ウィラードの相手をするつもりもなかったのだろう。じかに会う予定はなかったのだ。

会う代わりに、電球の箱をパントリーに用意しておいた。管理人なら一人で家に入れただろうし、間取りも把握していたはずだ。管理人が電球を交換しているあいだもレイチェルは二階にこもっている気だったのだろう。年齢を考えれば、管理人は昔ほど機敏に動けなかったに違いない。それでも、脚立を押さえているなどして手伝う気はレイチェルにはなかった。手伝おうなどとは思いもしなかった。たとえ思ったにしても、実際にやろうとはしなかった。

私はふと、レイチェルが今日家にこもっていたのは、〝山ほどたまって〟いた仕事をこなすためだけではなかったのではないかと思った。CIA本部に車で出勤しなかった本当の理由は、大渋滞が予想されていたことだけではないのかもしれない。それは単なる口実だったのかもしれない。フラグラーとの仲はうまく行っていたのだろうか。裁判が始まって以降はフラグラーとほとんど会っていなかったはずだ。

テレビで彼の姿を見て、会いたくてたまらなくなったかもしれない。一方で、関係がこじれていたことも考えられる。朝からずっと寝室で仕事をしているあいだ、レイチェルは何を思っていただろう。デスクは窓のすぐ前にあった。犯人が裏庭に侵入したときもそこに座っていたのなら、犯人の姿を目撃した可能性もありそうだ。そして犯人からもレイチェルが見えただろう。

寝室の窓は、犯人がレイチェルにマイクロ波を浴びせた窓のすぐ上にある。波形ガラスを透かして、白く塗られた窓台に昆虫の死骸があるのが見えた。地上からは見えなかったが、外壁を這うツタもしおれていた。犯人は、標的がキッチンにいるとは知らなかったのかもしれない。レイチェルが二階のゲストルームで仕事をしているとは気づかずにいたのかもしれない。

屋内に誰がいるか、その人物が日課として何をしていそうか、把握している必要はなかった。特別な情報を持っている必要はなかった。どこかの部屋に明かりがつくのをただ待っていればよかったのだ。するとこの寝室の明かりが灯ったのだろう。しかし一階の主寝室や〝グレート・ルーム〟の明かりは点いていなかった。邸宅の表側に並んだ誰も立ち入らない寝室の明かりも。

今日の午後、空が黒雲に覆われたころ、窓が明るかったのはキッチンと二階のこの部屋だけだったのかもしれない。私は室内を見回した。ノートパソコンやＷｉ－Ｆｉ機器やルーターなど、電子デバイスは見当たらなかった。管理人に送ったメッセージのとおりレイチェルが仕事にかかりきりだったとして、ここでどうやって仕事をしていたのだろうか。

印刷された書類やノート、ファイルの類は見当たらない。メモ用紙の一枚もなかった。ここにあったものはすべて押収済みなのだ。そうに決まっている。デスクの抽斗に残っているのはペーパークリップとローラーボールペン数本だけだった。くず入れも空っぽだ。情報機関がからんだとたん、通常のルールが適用されなくなることは私も理解している。

天蓋つきのベッドはきちんと整えられている。その両側の小さな抽斗を調べた。ティッシュペーパーのパックと携帯電話の充電器が一つずつ。クッション入りのロココ調の肘掛け椅子にクリーニング店の袋がある。なかを確かめると、高級ブランドのスーツとブラウス数枚が入っていた。壁の半分を占めるペンキ塗りのクローゼットには高価そうな衣類が整然と吊られ、幅広の板が張られた床に靴が行儀よく並べられていた。

チェストの抽斗にはランジェリー類とソックス、パンティストッキングなど、ハンガーにかけておいたりアイロンをかけたりする必要のない衣類が入っている。レギンスの下に隠れて大きな宝石箱がある。あとでなかを調べようと、私はそれをベッドの上に置いた。バスルームをのぞこうとして、入口で足を止めた。大理石タイルの床、脚つきのシンク。なつかしい。襲撃時にアンティークの銅のバスタブに身をひそめていたら、レイチェルは死なずにすんだかもしれない。

クルミ材の洗面台はキャビネットに造り替えられていた。抽斗を順に開けてみる。化粧品や市販薬のほかに、ダイエットサプリや脂肪燃焼サプリ、下剤がある。トートバッグに入っていたのと同じような使い捨てのおしぼり、プリパレーションHなど痔《じ》の治療薬のチューブ数個。

「何か見つかったか」背後からマリーノが言った。顔は火照って赤く、汗で濡れている。この部屋の空気はそよとも動かない。「何かいいものはあったか」

「状況を考えると、〝いいもの〟と言うのはどうかと思うけど」

「あと五分もすればファビアンが玄関前に着く。指示は？」

「バンのところにいてもらって」私は答える。「遺体はあなたと私で運び出す。ファビアンにはなかに入ってもらいたくない。どう考えてもいい思いつきではないから」

私はバスルームから出た。マリーノは、かつては美術品やタペストリーでセンスよく飾られていた部屋を見回している。リネン類はどれも高級品でモノグラムが入っていた。庭で切ってきて生けた花の香りが満ちている。

「週末に遊びに来てたんだろ。この部屋に泊まったのか？」マリーノが訊く。

「そのころここはアニーの部屋だった。いまは一階の主寝室を使ってる」

「あんたはどこに泊まったんだ？」マリーノは鑑識ケースを床に下ろして蓋を開いた。

「そこの廊下に面した、いまは閉め切られている部屋の一つ。でも、どの部屋に泊まるかは問題じゃなかった。何もかもエレガントで、どんな人も特別なもてなしを受けた」

「この部屋では何か見つかったか。俺はあんたをよく知ってるからさ。特定の何かを確かめたくて上がってきたんだろう？」マリーノがバイオハザード廃棄袋の口を開いてこちらに向け、私は使用済みの手袋をそこに入れた。

私は寝室の入口脇の電灯のスイッチを指さした。スイッチは上の位置にある。だからといって、マイクロ波攻撃の時点でこの部屋の明かりが点いていた証拠になるわけではないが、きっと点いていたのだろうと私は思っている。

「犯人が裏庭にひそんでいた理由はそれかもしれない。二階の部屋に明かりが点けば見えるから」私はさっき考えていたことをマリーノに話す。

今日は夕方前には薄暗くなっていたから、キッチンの照明も灯っていただろう。レイチェルはハーブティーを淹れにキッチンに下りたのではないか。

「下剤を乱用してたみたい」私は説明する。「減量のために下剤に頼る人はよくいる。でも常用するうちに、同じ量ではだんだん効かなくなっていく」

「俺とバーボンの関係に似てるな」マリーノが言う。

「食物繊維のサプリ、シュガーレスのグミ、ハーブティー。どれも過剰に摂取すれば下痢を引き起こしかねない」

「ドロシーがそれでよく腹を下してる。俺もときどきなるよ。実際のところ、誰だって似た経験があるだろう」

「〝ときどき〟ならまだいいとして」私は言う。「慢性的にとなると問題だわ。それに、オフィスや公共の場でトイレにこもりたくはない。テニスをする予定がある日、バーに繰り出す日にはふつう、便通がよくなるハーブティーなんて飲まない。不倫相手と会う約束をしている日にも」

19

「今日、家にいたのは、それが理由だと思うか？」マリーノが訊く。「下剤をのむから？」

「それが理由だったとは限らない」私は答える。「でも、それには好都合だったのかもしれない。私の推測が当たっているなら」

たまたま家で仕事をすることになったのを理由に、昼間からお酒を飲むようなものだ。雪が降ったとか、祝日だからという理由もありうるだろう。

「お酒を飲むのは、安心できる環境に一人きりでいるから。飲むための口実を探すのよ」私は説明を加えた。「そういう症状が出るのは、ストレスを感じたとき。あなたも私も覚えがある。何年も喫煙者だったから」

「いまだって一服したくてたまらねえ」マリーノが言う。「仕事が終わった瞬間、バーボンをダブルで注ぐしな。理由なんか要らない」

私はチェストの別の段を開ける。そこにはさまざまなタイプのコンドームやタンポンの箱が入っていた。これがレイチェルのものだとすれば、性のパートナーがいたこと、月経があったことをほのめかしている。手袋を新しいものに替え、ベッドの上に出しておいた革張りの宝石箱を開けた。

「これは押収するわけにもいかなそう」私は目もくらむようなコレクションをながめた。「腕時計だけで、たぶん百万ドル分くらいある」

腕時計はどれも止まっている。自動巻きの機械式時計は、裏庭からマイクロ波が照射される以前から止まっていたのかもしれない。しかしクォーツ式のものは、電池があるかぎり動き続けていたはずだ。つまり正常に作動していたところにマイクロ波を浴びて、故障したと考えられる。止まった時計が死亡時刻の根拠になるという描写がよくミステリー小説に出てくるが、陳腐だと笑うわけにはいかない。

使われた凶器によっては、それが現実になることがあるからだ。複数あるクォーツ式腕時計が示している時刻は、一分か二分の誤差があるだけで、どれも同じだった。金無垢のブライトリングやロレックス、オーデマピゲ、ブレゲの腕時計は、いずれも午後三時四十五分前後で止まっていた。ルーシーとトロンがこの周辺でマイクロ波を検出したのとちょうど同じころということになる。

「そのときレイチェルがこの寝室にいたのであれ、キッチンにいたのであれ、どのみち悲劇は起きた」一階に戻りながら、私はマリーノに言った。「どちらにいたにせよ、殺されるか重傷を負うかしていた。唯一、銅のバスタブに身を伏せていたら助かったかもしれないけれどね」

「どう備えればこんな兵器から身を守れる？」マリーノが言う。「いまの時代、自分の身を守りたくてももう不可能だよな」

私はその疑問に答えない。満足な答えを思いつかないからだ。ただ、私たちがいま直面している問題は決して新しいものではない。棍棒《こんぼう》や槍《やり》はクロスボウや銃器に取って代わられ、クロスボウや銃器はもっと新しい武器に置き換えられた。時代が進むごとに、新たな武器や兵器が発明される。残酷さと破壊をより効率的にもたらせるものが生み出される。人間は、この惑星は、人を殺すための新しい方法を探し続けるようプログラムされているのだ。

ベントンなら、人を駆動するのは命の危険だと言うだろう。人は対抗する力を前にしたときこそ多くを成し遂げる。戦争は人を団結させる。苦しみは詩を生み出す。勤勉さや優れた技術や共感が人を鼓舞する世界だったらどんなによかっただろう。しかし、この世界のプログラムを書いたのは私ではない。

マリーノと私が玄関から外に出ると、検屍局のウィンドウのないバンが地を這うような低音を響かせていた。伸び放題のツゲの生け垣をヘッドライトが照らしている。

黒い闇と補助ライトの白い光が交錯する私道を、市警の制服警官や私服刑事が動き回っていた。

上空でホバリングしている三機のヘリコプターは、まるで惑星のように輝いている。きっとテレビのニュース番組の取材ヘリだろう。マリーノがバンのテールゲートを開けた。ファビアンがウィンドウを下ろす。怒ったような、うっとりしているような顔をしていた。助手席には戦術装備で身を固めたシークレットサービス捜査官が乗っていた。その顔に笑みはない。楽しむために来ているのではない。

「こんばんは」シークレットサービスの女性捜査官が言った。周囲の警戒を一瞬たりとも怠らない。

「うちのバンに付き添ってくれてありがとう」うっかり〝あなたは命の恩人だわ〟と言いかけたところでこの家に死者がいることを思い出し、不適切な言葉をのみこんだ。

ファビアンに付き添ってきたシークレットサービス捜査官はシートベルトをはずしていた。ウィンドウは少しだけ下ろしてあり、膝にMP5短機関銃を置いていた。第一の検問ポイントからここまで来るあいだに、バンに爆発物が仕掛けられるようなことはなかったと報告し、いまも警戒中だと言った。

「いつもと段取りが違うのはわかってる」私はファビアンに言う。「今回はふだんどおりにはやれないの。協力してもらえるとありがたいわ」

「僕は遺体を搬出するなってことですか」ファビアンの視線が玄関のほうに漂う。よほど衝撃なのだろう。「全部一人でやれますよ。よかったら局長はこれで帰ってもらっても」

「あなたは外で待っていて。今回はとても厳格に進めなくてはならないの」私はそう説明し、シークレットサービス捜査官は私道全体に警戒の目を配りながら耳を澄ましている。

「わかりましたよ」ファビアンは顔に落ちてきた長い髪を払いのけた。黒っぽい色のアイシャドウがちらりと見えた。爪は艶やかな黒に塗られている。「ただ、板ばさみって言うのかな」ファビアンはどんな場面でも自分の気持ちをためらうことなく表明する。「マギーと局長の言うことがまったく違うから。もう誰も僕を信用してないのかと。ものすごくやりにくいんです」

「その話はまた今度ゆっくり……」私はそう言いかけたが、ファビアンはまだ気がすんでいないようだった。

「マギーが何かしたからって、僕に責任を押しつけないでください。マギーのせいで、僕はややこしい立場に置かれてるんです」ファビアンはまた長い髪を払いのけた。人目を意識したときの癖だ。

「いまは無理だけれど、その話はまた今度ゆっくりしましょう」私は言ったが、ファビアンは聞いていない。

「この仕事は本当にストレスがたまります。先の予定をちゃんと教えてもらえないとき——いまみたいなときはとくにそうです。遺体を搬送して、警察が引き揚げたあとはどうしたらいいんです？」ファビアンは私に向けてそう言いながら、助手席のシークレットサービス捜査官にちらりと目をやった。「僕が一人で自分の車に向かって歩いているところに、物騒な集団が現れたら？　僕の車はもともと人目を引きやすいのに」

「今夜は当直室に泊まれよ」マリーノが、検屍局の黒いバンの後ろ側、開いたテールゲート越しに言った。荷台からストレッチャーを下ろそうとしている。「そうするのが安全だ」アルミニウムの脚を開くかたかたという音が聞こえてきた。

「車が壊されたらって心配です。考えれば考えるほど心配になる」ファビアンが言う。「きっと何かされる。いや待てよ、いまごろもう何かされてるかもしれない」

「大事なエルカミーノは搬出入ベイにでも避難させておけばいい。でもっておまえは当直室に泊まる、と」マリーノは決まったことのように言った。「当直室のテレビはちゃんとつくし、冷蔵庫に食い物もある。今日の昼に冷蔵庫のなかのものでサンドイッチを作ったから、確かだ」

「じゃあ、そうしようかな」ファビアンはバックミラー越しにマリーノを見て言った。

「一眠りしておけよ。朝一番に起こしてやる。建物のなかにいりゃ、誰もおまえに乱暴を働いたりしねえさ」マリーノは言い、テールゲートが重たい音を立てて閉まる。

「検屍局までは、あなたやあなたのお仲間が守ってくれるだろうし」ファビアンは助手席のシークレットサービス捜査官にあからさまに媚《こ》びを売ろうとしているが、捜査官のほうは気づいていない。

「検屍局までの移動中も私が同乗します」捜査官は誰とも目を合わせないまま言った。「車列を組んで移動します。不審者が襲ってこないともかぎりませんから」

「車列？」誰かがスイッチを入れたかのように、ファビアンの顔が輝いた。「シークレットサービスの車が何台も護衛につくってことですか？　ライトやサイレンをつけて？」

「サイレンは鳴らさないと思いますが」

「すごい。パレードみたいだ」ファビアンは興奮を隠しきれない様子だ。「今夜はラッキーだな。あっと、不謹慎だったかも……」

「ええ、不謹慎でしょうね」捜査官はあいかわらず私道を警戒しながら言った。

マリーノが、がたごと揺れるばかりでまっすぐに進もうとしないストレッチャーを玄関に押していく。私は亀裂の入った両開きのドアを押さえてマリーノを先に通した。自分のよく知っている人物の家のリビングルームを死者の寝台が横切っていく光景は、見ていてつらいものがある。

「ファビアンの奴、八つ裂きにしてやりたい気分だよ」マリーノは、言うことを聞かないストレッチャーと格闘しながら不機嫌につぶやいた。

三百六十度回転するキャスターの一つがうまく動かないと厄介だ。しかも、いざ使おうとするとたいがいそうなっている。壊れかけのショッピングカートを押すようなものだ。マリーノは力ずくで押し、悪態をつき、少し進んでは止まった。かさばるタイベック素材のジャンプスーツのなかで大汗をかいている。医療用マスクを着けているせいもあって、保護ゴーグルはすぐに曇ってしまう。

ファビアンをこきおろしながらも、年季の入った壁やドア枠にストレッチャーをぶつけないよう用心しているのがわかる。ファビアンは細かなことに気が回らない。バンに積みこむ前にストレッチャーのキャスターやブレーキを点検しておこうとは考えない。赤外線温度計や懐中電灯、ライトつき拡大鏡の電池を交換するのを忘れる。いつもかならず何か手抜かりがある。

キッチンに入り、マリーノと二人で使い捨ての紙シートを床に広げた。遺体を優しく持ち上げ、シートで何重にもくるんでテープでしっかり留めた。厚手のビニールでできた黒い遺体収容袋に収めてファスナーを閉じ、薄いクッションが入ったストレッチャーに移し、固定ストラップ二本のバックルを留めた。ハンドルを引き起こし、ブレーキを解除して、さっき来たルートを逆向きにたどって玄関に向かう。

玄関を出て、陰鬱な荷をバンの後ろ側へと押していく。ファビアンがテールゲートを開けた。手袋とマスクを着け、黒いフレームに薔薇色《ばらいろ》のレンズが入ったブランドものの保護眼鏡をかけていた。まっすぐな長い髪は後ろで一つに結んである。私は遺体の髪形を連想した。違うのは、ファビアンのシュシュにはクモの巣状の模様が入っていることだ。

「ストレッチャーに手こずらされた」マリーノが鋭い声でファビアンに言った。「次からはちゃんと点検しとけよな」

「新しいのを購入してくださいってずっと言ってますよね。病院のお下がりとか、州や慈善団体の余剰品とかは勘弁してほしいです」ファビアンはヘリコプターを見上げた。地上の小型発電機の作動音がやかましくて、ヘリのローターの音はほとんど聞こえない。「いまも撮影してると思います？　うちの母親に教えてやらなくちゃ。全国ニュースで流れたら、バトンルージュ〔ルイジアナ州の州都〕でも見られますよね」

ストレッチャーを持ち上げて脚を折りたたみ、バンの荷台に遺体を積みこんだ。まもなくバンは、ホタルが飛び回る鬱蒼とした木立や下生えをヘッドライトの光で切り裂きながら、暗い私道を遠ざかっていった。テントの下で防護服を脱いでいるところにルーシーが来た。私はテントに置いておいたスーツのジャケットとブリーフケースを持ち、マリーノのトラックを駐めたところへ向け、ルーシーとマリーノと並んで私道を歩きだした。

マリーノは鑑識ケースを提げている。まるで誰かが大自然のスイッチを入れ直したかのようだった。ルーシーはタクティカルライトで私たちの足もとを照らしながら、超音波式の小型虫よけ装置は日没後に回収されたのだと言った。シークレットサービスはドローンでの偵察をひとまず終了し、撤収の準備を始めている。彼らはまもなく最小限の人員だけを残して引き揚げていくだろう――ルーシーが言う〝彼ら〟とは主にＦＢＩのことだ。

ルーシーのタクティカルライトのまぶしい光を頼りに、私たちは息を吹き返した林を抜けて歩いた。フクロウの低い声や口笛のように高い声が不気味に響き、セミは一本調子の合唱を続けている。カエルの吠えるような声も聞こえる。ホタルは準星のようだ。キリギリスはそれぞれ異なった波長やリズムでじりじりと鳴いている。その軋むような音を聞いて、私の腕に鳥肌が立った。

「あたしももうじき家に帰る」ルーシーの懐中電灯が敷石を照らす。緑色の小さなカエルが驚いて逃げていく。「そのあとはパソコンで仕事。解剖の予定はいつ？　さすがに今夜じゃないよね」

「そこまで急ぐ必要はないわ」私は答える。

「今夜は検屍局には行っちゃだめ。絶対にだめだからね」子供に言い聞かせるようにルーシーが言う。「怒りをたぎらせて、暴れる気満々の集団が待ちかまえてるから。それにおばさんも少し休んだほうがいい」

「今夜やれることはもう全部すんでる。すぐに確保したほうがいい証拠は残らず集めた。だから、仰せのとおり、このまま家に帰るわ」

「うちの周辺の警護を市警に頼んでおいた」ルーシーが懐中電灯で水たまりを照ら

し、私たちはそれをよけて通る。「家にいれば安心だから。何かおなかに入れて、ゆっくり休んでおいてね。明日は長い一日になるよ」

「解剖は朝一番に始めるつもり。もう横槍は入らないと思っていいのよね？」私は尋ねる。誰のことを言っているか、ルーシーは即座に察した。

「いつもの面々はもう黙るはず」ルーシーが言う。私は携帯電話をチェックした。マギーからは何の連絡もない。エルヴィン・レディも同様だ。ダグ・シュレーファーからはメッセージが届いていた。何かあったらすぐ連絡してくださいと書かれていた。私は明日の朝までは何もないはずと返信した。それと入れ違いにベントンのメッセージが届いた。

〈まもなく帰宅。今夜はアニーが宿泊予定〉

〈安心した〉――私はアニーの地所の私道を歩きながらそう返信した。

次のカーブを抜けると、チルトン農園のゲートが見えた。駐車場のように煌々《こうこう》と照らされている。黄色い立入禁止のテープはなくなっていた。ファビアンのバンを通すためだろう、シークレットサービスの護送バンの一台が移動していた。連絡道路は捜査機関の車両でいっぱいだ。ＦＢＩのものだろうか、装甲車の数も増えている。アレクサンドリア市警機動隊の隊員も十数名見えた。

「抗議グループはいまどこにいる？」トラックに向かいながら、マリーノが訊いた。「俺たちは出発してももう安心なのか？」

「大丈夫。危険度が高そうな区間は護衛もつくしね」ルーシーが言う。「抗議グループの大半はUターンして解散した。パークウェイの路肩に駐まってる車がまだ五、六台あるけど、市警が十分な人員を配置してる」

ブレイズ・フルーグらを乗せたアレクサンドリア市警の車がマリーノのトラックに付き添うはずだとルーシーは言った。マリーノは荷台のロックを解除して鑑識ケースを積みこんだ。

「気をつけてね」私は抱き締めたい衝動に抗《あらが》ってルーシーを見つめた。

「あとで一緒に夜食でも？」ルーシーの口もとにかすかな笑みが浮かぶ。

「いいわね。食べたいものはもう決まっている」

まもなくマリーノと私は連絡道路をトラックで走り出していた。両側に広がる田園風景は、真っ暗で見えない。私は夜食のことを考えていた。エアフライヤーでソーセージパテでも作ろう。チーズオムレツもいい。飲み物はブラッディマリー。ぴりりと辛みのあるV８の野菜ジュースはまだあるはずだし、ライムもたっぷりある。ドロシーと一緒にうちに来たらとマリーノを誘った。

「二階の小さいほうのゲストルームでもかまわなければ」私は申し訳なく思いながら言う。「いつものゲストルームはアニーに使ってもらうから」

「俺も泊めてもらおうかと考えてたとこだ。先にドロシーに連絡して予定を伝えておくかな」運転席のマリーノの顔をパトロールカーの回転灯が断続的に照らしている。

「事情を説明して、全員で一緒にいたほうがいいと話しておく」

私たちの前を行くのは、フルーグのフォード・インターセプターだ。後ろには回転灯を点けたパトロールカーが三台。第一の検問ポイントは明滅する赤と青の光の海に変わっていた。パークウェイの路肩を少なくとも二十台の緊急車両が埋めている。あれからA形バリケードも増え、テレビ局の中継車が何台も集まっている。上空からはヘリコプターのローターの音がやかましく聞こえていた。

市警が交差点の交通整理をしており、一台ごとに身分証明書を確認していた。警察犬とハンドラーが傍らで待機している。バンやトラックから降りてきた怒り顔の男性たちとハードシェルの戦闘服姿の戦術チームがにらみ合っている。助手席に乗っている女性たちは、ウィンドウから身を乗り出して南部連合旗を振ったり、〈エイプリルに正義を〉のプラカードを掲げたりしていた。

テレビ局のバンの横で、デイナ・ディレッティが若い女性にインタビューしていた。タトゥーを入れたその女性に見覚えがある。有名キャスターのデイナがどんな質問をしているのかは聞き取れないが、女性はさかんにうなずき、腹立たしげに市警のほうを指さして何か答えていた。ナディーン・テューペローと同じタイミングでフック裁判の法廷から出ていった遺族の関係者かもしれない。

私はその女性を見ないようにした。抗議グループを観察していることに気づかれたくない。抗議グループのメンバーが今日の法廷を傍聴していたことは確かだ。いまは迷彩服や戦闘服に着替え、腰に拳銃を下げたり、アサルトライフルを胸に抱えたりして、通り過ぎる私たちの車をにらみつけている。一人の首筋に星条旗のタトゥーが入っているのがちらりと見えた。

私の足首を蹴った男のタトゥーだ。血走った目や日に焼けた顔を回転灯が閃かせている。拳を突き上げ、AR-15アサルトライフルを意味もなく振り回している。アメリカの大半の州と同様、ヴァージニア州でも銃器を――たとえ高性能セミオートマチック銃であっても――隠匿せずに携帯できる。

「誰とも目を合わせるなよ」マリーノが言う。警護のパトロールカーの回転灯がまぶしい。「誰のことも見なけりゃ、向こうもこっちに気づかないかもしれない」

「無理よ、もうしっかり気づかれている」私は憎悪に満ちた視線が蚊のように肌を刺すのを感じていた。

（下巻につづく）

|著者| パトリシア・コーンウェル　マイアミ生まれ。警察記者、検屍局のコンピューター・アナリストを経て、1990年『検屍官』で小説家デビュー。MWA・CWA最優秀処女長編賞を受賞して、一躍人気作家に。ケイ・スカーペッタが主人公の「検屍官」シリーズは、1990年代ミステリー界最大のベストセラー作品となった。他に、『スズメバチの巣』『サザンクロス』『女性署長ハマー』、「捜査官ガラーノ」シリーズなど。

|訳者| 池田真紀子　1966年生まれ。コーンウェル『スカーペッタ』以降の「検屍官」シリーズ、ジェフリー・ディーヴァー「リンカーン・ライム」シリーズ、「コルター・ショウ」シリーズ、エイヴァ・グラス『エイリアス・エマ』、スティーヴン・キング『トム・ゴードンに恋した少女』など、翻訳書多数。

憤《ふん》怒《ぬ》(上)

パトリシア・コーンウェル｜池《いけ》田《だ》真《ま》紀《き》子《こ》 訳

講談社文庫
定価はカバーに
表示してあります

2024年12月13日第1刷発行

KODANSHA

発行者――篠木和久
発行所――株式会社　講談社
東京都文京区音羽2-12-21　〒112-8001
電話　出版　(03) 5395-3510
　　　販売　(03) 5395-5817
　　　業務　(03) 5395-3615

Printed in Japan

デザイン―菊地信義
本文データ制作―講談社デジタル製作
印刷―――TOPPAN株式会社
製本―――株式会社国宝社

ISBN978-4-06-536836-7

講談社文庫刊行の辞

二十一世紀の到来を目睫に望みながら、われわれはいま、人類史上かつて例を見ない巨大な転換期をむかえようとしている。

世界も、日本も、激動の予兆に対する期待とおののきを内に蔵して、未知の時代に歩み入ろうとしている。このときにあたり、創業の人野間清治の「ナショナル・エデュケイター」への志を現代に甦らせようと意図して、われわれはここに古今の文芸作品はいうまでもなく、ひろく人文・社会・自然の諸科学から東西の名著を網羅する、新しい綜合文庫の発刊を決意した。

激動の転換期はまた断絶の時代である。われわれは戦後二十五年間の出版文化のありかたへの深い反省をこめて、この断絶の時代にあえて人間的な持続を求めようとする。いたずらに浮薄な商業主義のあだ花を追い求めることなく、長期にわたって良書に生命をあたえようとつとめるところにしか、今後の出版文化の真の繁栄はあり得ないと信じるからである。

同時にわれわれはこの綜合文庫の刊行を通じて、人文・社会・自然の諸科学が、結局人間の学にほかならないことを立証しようと願っている。かつて知識とは、「汝自身を知る」ことにつきていた。現代社会の瑣末な情報の氾濫のなかから、力強い知識の源泉を掘り起し、技術文明のただなかに、生きた人間の姿を復活させること。それこそわれわれの切なる希求である。

われわれは権威に盲従せず、俗流に媚びることなく、渾然一体となって日本の「草の根」をかたちづくる若く新しい世代の人々に、心をこめてこの新しい綜合文庫をおくり届けたい。それは知識の泉であるとともに感受性のふるさとであり、もっとも有機的に組織され、社会に開かれた万人のための大学をめざしている。大方の支援と協力を衷心より切望してやまない。

一九七一年七月

野間省一

加藤典洋

新旧論　三つの「新しさ」と「古さ」の共存

解説＝瀬尾育生　年譜＝著者、編集部

かP9

小林秀雄、梶井基次郎、中原中也はどのような「新しさ」と「古さ」を備えて登場したのか？　昭和の文学者三人の魅力を再認識させられる著者最初期の長篇評論。

978-4-06-537661-4

高橋源一郎

ゴヂラ

解説＝清水良典　年譜＝若杉美智子、編集部

たN6

なぜか石神井公園で同時多発的に異変が起きる。ここにいる「おれ」たちは奇妙なものに振り回される。そして、ついに世界の秘密を知っていることに気づくのだ！

978-4-06-537554-9

海外作品

小説

ウェンディ・ウォーカー 池田真紀子訳 まだすべてを忘れたわけではない
D・クロンビー 西田佳子訳 警視の週末
D・クロンビー 西田佳子訳 警視の挑戦
D・クロンビー 西田佳子訳 警視の哀歌
D・クロンビー 西田佳子訳 警視の謀略
D・クロンビー 西田佳子訳 警視の慟哭
ウィリアム・K・クルーガー 野口百合子訳 闇の記憶
P・コーンウェル 池田真紀子訳 死層 (上)(下)
P・コーンウェル 池田真紀子訳 邪悪 (上)(下)
P・コーンウェル 池田真紀子訳 烙印 (上)(下)
P・コーンウェル 池田真紀子訳 禍根 (上)(下)
マイクル・コナリー 古沢嘉通訳 燃える部屋 (上)(下) 〈シリーズ25周年記念エッセイ収録〉
マイクル・コナリー 古沢嘉通訳 贖罪の街 (上)(下)
マイクル・コナリー 古沢嘉通訳 訣別 (上)(下)
マイクル・コナリー 古沢嘉通訳 レイトショー (上)(下)
マイクル・コナリー 古沢嘉通訳 汚名 (上)(下)
マイクル・コナリー 古沢嘉通訳 素晴らしき世界 (上)(下)
マイクル・コナリー 古沢嘉通訳 鬼火 (上)(下)
マイクル・コナリー 古沢嘉通訳 警告 (上)(下)
マイクル・コナリー 古沢嘉通訳 潔白の法則 (上)(下) 〈リンカーン弁護士〉
マイクル・コナリー 古沢嘉通訳 ダーク・アワーズ (上)(下)
マイクル・コナリー 古沢嘉通訳 正義の弧 (上)(下)
マイクル・コナリー 古沢嘉通訳 復活の歩み (上)(下) 〈リンカーン弁護士〉
ジェーン・シェミルト 北沢あかね訳 ナオミ
レイチェル・ジョイス 亀井よし子訳 〈ハロルド・フライのまさかの旅立ち〉
L・チャイルド 小林宏明訳 パーソナル (上)(下)
リー・チャイルド 青木創訳 ミッドナイト・ライン (上)(下)
リー・チャイルド 青木創訳 葬られた勲章 (上)(下)
リー・チャイルド 青木創訳 宿敵 (上)(下)
リー・チャイルド 青木創訳 奪還 (上)(下)
リー・チャイルド 青木創訳 消えた戦友 (上)(下)
リー・チャイルド 青木創訳 副大統領暗殺 (上)(下)
ハックスリー 松村達雄訳 すばらしい新世界
アリス・フィーニー 西田佳子訳 ときどき私は嘘をつく
ルシア・ベルリン 岸本佐知子訳 掃除婦のための手引き書 〈――ルシア・ベルリン作品集〉
ルシア・ベルリン 岸本佐知子訳 すべての月、すべての年 〈――ルシア・ベルリン作品集〉
C・J・ボックス 野口百合子訳 狼の領域
C・J・ボックス 野口百合子訳 冷酷な丘
C・J・ボックス 野口百合子訳 鷹の王
ジョージ・ルーカス著 上杉隼人訳 杉山まどか訳 スター・ウォーズ 〈エピソードIV 新たなる希望〉
ジョージ・ルーカス原作 ドナルド・F・グルート著 上杉隼人訳 スター・ウォーズ 〈エピソードV 帝国の逆襲〉
ジョージ・ルーカス原作 ジェームズ・カーン著 上杉隼人訳 スター・ウォーズ 〈エピソードVI ジェダイの帰還〉
J・J・エイブラムス他原作 アラン・D・フォスター著 稲村広香訳 スター・ウォーズ 〈フォースの覚醒〉
ジョージ・ルーカス原作 テリー・ブルックス著 上杉隼人／大島資生訳 スター・ウォーズ 〈エピソードI ファントム・メナス〉
ジョージ・ルーカス原作 R・A・サルヴァトーレ著 上杉隼人／上原尚子訳 スター・ウォーズ 〈エピソードII クローンの攻撃〉

講談社文庫 海外作品

ジョージ・ルーカス原作 マシュー・ストーヴァー著 上杉隼人／有馬さとこ訳　スター・ウォーズ〈エピソードIII シスの復讐〉
ジョン・ノール他原作 アレクサンダー・フリード著 稲村広香訳　ローグ・ワン〈スター・ウォーズ・ストーリー〉
ライアン・ジョンソン原作 ジェイソン・フライ著 稲村広香訳　スター・ウォーズ〈最後のジェダイ〉
ローレンス・カスダン／ジョナサン・カスダン原作 ムア・ラファティ著 稲村広香訳　ハン・ソロ〈スター・ウォーズ・ストーリー〉
J・J・エイブラムス他原作 レイ・カーソン著 稲村広香訳　スター・ウォーズ〈スカイウォーカーの夜明け〉
ティモシイ・ザーン 富永和子訳　スター・ウォーズ 帝国の後継者(上)(下)
ティモシイ・ザーン 富永和子訳　スター・ウォーズ 暗黒の艦隊(上)(下)
ティモシイ・ザーン 富永和子訳　スター・ウォーズ 最後の指令(上)(下)
ジャンニ・ロダーリ 内田洋子訳　パパの電話を待ちながら
ジャンニ・ロダーリ 内田洋子訳　緑の髪のパオリーノ
ジャンニ・ロダーリ 内田洋子訳　クジオのさかな会計士
ジャンニ・ロダーリ 山田香苗訳　うそつき王国とジェルソミーノ

ノンフィクション

M・セリグマン 山村宜子訳　オプティミストはなぜ成功するか
ダニエル・タメット 古屋美登里訳　ぼくには数字が風景に見える

児童文学

エーリッヒ・ケストナー 山口四郎訳　飛ぶ教室
ディック・ブルーナ 講談社編　ミッフィーからの贈り物〈ブルーナさんがはじめて語る人生と作品のひみつ〉
ディック・ブルーナ 講談社編　miffy Notepad Red
ディック・ブルーナ 講談社編　miffy Notepad White
ディック・ブルーナ 講談社編　BLACK BEAR Notepad
トーベ・ヤンソン 下村隆一訳　新装版 ムーミン谷の彗星
トーベ・ヤンソン 山室静訳　新装版 たのしいムーミン一家
トーベ・ヤンソン 小野寺百合子訳　新装版 ムーミンパパの思い出
トーベ・ヤンソン 下村隆一訳　新装版 ムーミン谷の夏まつり
トーベ・ヤンソン 山室静訳　新装版 ムーミン谷の冬
トーベ・ヤンソン 山室静訳　新装版 ムーミン谷の仲間たち
トーベ・ヤンソン 小野寺百合子訳　新装版 ムーミンパパ海へいく
トーベ・ヤンソン 鈴木徹郎訳　新装版 ムーミン谷の十一月
トーベ・ヤンソン 冨原眞弓訳　小さなトロールと大きな洪水
ヤンソン（文・絵） パルッキネン（編） 渡部翠（訳）　ムーミン谷の名言集
ヤンソン（絵）　ニョロニョロ　ノート
ヤンソン（絵）　ムーミンママ　ノート
ヤンソン（絵）　ムーミン　ノート
ヤンソン（絵）　ムーミンパパ　ノート
ヤンソン（絵）　ムーミン谷　春のノート
ヤンソン（絵）　ムーミン谷　夏のノート
ヤンソン（絵）　ムーミン谷　秋のノート
ヤンソン（絵）　ムーミン谷　冬のノート
ヤンソン（絵）　ムーミン100冊読書ノート
ヤンソン（絵）　リトルミイ　ノート
ヤンソン（絵）　スナフキン　ノート
ヤンソン（絵）　リトルミイ　100冊読書ノート
ヤンソン（絵）　ムーミン　ぬりえダイアリー

講談社文庫　海外作品

ヤンソン（絵）　ムーミン谷の仲間たち　ぬりえダイアリー
ヤンソン（絵）　スナフキン　名言ノート
L・ワイルダー　こだま・渡辺訳　大きな森の小さな家
L・ワイルダー　こだま・渡辺訳　大草原の小さな家
L・ワイルダー　こだま・渡辺訳　プラム川の土手で
L・ワイルダー　こだま・渡辺訳　シルバー湖のほとりで
L・ワイルダー　こだま・渡辺訳　農場の少年
L・ワイルダー　こだま・渡辺訳　大草原の小さな町
L・ワイルダー　こだま・渡辺訳　この輝かしい日々
ルイス・サッカー　幸田敦子訳　穴〈HOLES〉

2024年9月13日現在